汉译世界文学名著丛书

窄门

［法］安德烈·纪德 著

桂裕芳 译

André Gide
LA PORTE ÉTROITE

汉译世界文学名著丛书
出版说明

　　1902年，我馆筹组编译所之初，即广邀名家，如梁启超、林纾等，翻译出版外国文学名著，风靡一时；其后策划多种文学翻译系列丛书，如"说部丛书""林译小说丛书""世界文学名著""英汉对照名家小说选"等，接踵刊行，影响甚巨。从此，文学翻译成为我馆不可或缺的出版方向，百余年来，未尝间断。2021年，正值"汉译世界学术名著丛书"出版40周年之际，我馆规划出版"汉译世界文学名著丛书"，赓续传统，立足当下，面向未来，为读者系统提供世界文学佳作。

　　本丛书的出版主旨，大凡有三：一是不论作品所出的民族、区域、国家、语言，不论体裁所属之诗歌、小说、戏剧、散文、传记，只要是历史上确有定评的经典，皆在本丛书收录之列，力求名作无遗，诸体皆备；二是不论译者的背景、资历、出身、年龄，只要其翻译质量合乎我馆要求，皆在本丛书收录之列，力求译笔精当，抉发文心；三是不论需要何种付出，我馆必以一贯之定力与努力，长期经营，积以时日，力求成就一套完整呈现世界文学经典全貌的汉译精品丛书。我们衷心期待各界朋友推荐佳作，携稿来归，批评指教，共襄盛举。

商务印书馆编辑部

2021年8月

目 录

一 ……………………………………………… 5
二 ……………………………………………… 19
三 ……………………………………………… 40
四 ……………………………………………… 51
五 ……………………………………………… 65
六 ……………………………………………… 88
七 ……………………………………………… 96
八 ……………………………………………… 114
阿莉莎日记 …………………………………… 123

献给 M. A. G.

你们要努力进窄门。

——《路加福音》第十三章第二十四节

一

我在这里要讲的事,别人本来可以写成一本书,然而,这段经历使我心力交瘁,使我的品德耗损殆尽。我只能将往事简简单单地写下来,它有时可能显得支离破碎,但我不打算虚构任何情节来弥补和撮合,我盼望这番叙述能带给我最后的乐趣,而矫揉造作只能破坏它。

我不到十二岁就失去了父亲。母亲不愿意再留在父亲行医的勒阿弗尔,决定移居巴黎,以便于我更好地完成学业。她在卢森堡公园附近租下一套房子。阿斯比尔通小姐搬来与我们同住。弗洛拉·阿斯比尔通小姐无亲无戚。她原先是我母亲的小学老师,后来成为她的女伴,不久就成为挚友。我生活在这两位神态同样温和忧郁的女人身旁。在我的记忆中,她们总是穿着丧服。有一天,大概是父亲去世以后很久了吧,母亲将清晨软帽上的黑丝带换成一根淡紫色丝带,我惊呼起来:

"啊,妈妈,这颜色对你多不合适呀!"

第二天,她又戴上了黑丝带。

我体质羸弱，母亲和阿斯比尔通小姐小心翼翼地唯恐我累着，这种关心之所以没有使我变成懒汉，那是因为我对学习确实很有兴趣。一到风和日丽的季节，她们便一致认为我应该离开城市，因为城市使我变得苍白。六月中旬，我们便去勒阿弗尔附近的富格兹马尔，比科兰舅父每年夏天在那里接待我们。

比科兰家的房子坐落在一个花园里，花园不十分大，不十分漂亮，与许多诺曼底花园相似。房子是白色的，两层楼，类似上上个世纪的许多乡村住宅。房子朝东，朝着花园正面，有约摸二十扇大窗子，房子背面也有同样多的窗子，两侧却没有。窗子上都是小块玻璃，其中有几块是新近换上去的，看上去特别明亮，而旁边的旧玻璃却显出灰暗的绿色。有些玻璃上有疵点，也就是亲戚们称为的"气孔"。从那里看树木，树木显得粗细不匀，邮递员从那里走过，也突然长出一个驼背来。

花园是长方形的，四周有围墙。在房屋前面有一块被绿荫覆盖的、相当大的草坪，草坪周围有一条沙石小路。这个方向的围墙较矮，人们可以看见包围花园的那个农场院子。在院子的边界上是当地常见的一条长满山毛榉的大道。

在西面，花园在房屋背面较为舒展。一条开满鲜花的小径从朝南的果树架墙前经过，浓密的葡萄牙月桂和几株树使小径免受海风的蹂躏。另一条小径沿着北面的围墙延伸，消失在树丛中。我的表姐妹管它叫"黑色小径"。一到黄昏，她们就不愿去那里。这两条小径都通向菜园，菜园是花园的延伸。走下几级台阶，就到了下面的菜园。菜园尽头的墙上开了一个小小的暗门，墙外是一片矮树林，两条山毛榉大道从左右两面在这里会合。从西面的台阶上，目光能越过矮树林，看到高原，欣赏遍及高原的庄稼。在天边，小村庄的教堂隐约可见。傍晚，宁静的空气中，还可看见几所房屋上的缕缕炊烟。

在美丽的夏日黄昏，我们吃过晚饭后便来到"下花园"。我们走出小暗门，来到大道上那张可以俯瞰前方的长椅旁。在那里，在一座被废弃的泥灰岩矿的茅草顶旁边，舅父、母亲和阿斯比尔通小姐坐了下来。在我们眼前，小小的山谷弥漫着雾气，远处树林上方的天空呈现金黄色。接着，我们在昏暗下来的花园尽头滞留很久。我们回到室内，看见舅母坐在客厅里，她几乎从不和我们一同出去……对我们这些孩子来说，黄昏到此结束，但是当我们后来听见父母们上楼的时候，我们仍在卧室里看书哩。

除了去花园，我们剩下的时光都消磨在"自修室"里。那是舅父的书房，里面摆了小学生的课桌。我的表弟罗贝尔和我并排坐。朱莉埃特和阿莉莎坐在我们后面。阿莉莎比我大两岁，朱莉埃特比我小一岁。罗贝尔在我们四人中间年纪最小。

我想在这里写的不是最初的往事，而只是与此有关的往事。可以说，故事确实是在父亲去世那一年开始的。丧事，我自己的悲哀,或者至少是我所目睹的母亲的悲哀,使我极其敏感,也许在我身上埋下了新激情的种子。我过早地成熟了。这一年我们去富格兹马尔时,我觉得朱莉埃特和罗贝尔显得更小,而当我看见阿莉莎时,我突然明白我们俩都不再是孩子了。

是的,确实是父亲去世的那一年。刚到富格兹马尔,母亲和阿斯比尔通的那番谈话足以证明我没有弄错。母亲和女友交谈时,我突然撞了进去。她们谈的是舅母。母亲很生气,因为舅母没穿丧服,或者已经脱下了丧服(老实说,我觉得,比科兰舅母穿黑衣,和我母亲穿浅色衣服一样,都是难以想象的)。就我所记得的,我们到达的那一天,吕西尔·比科兰穿的是一件薄软的裙衣。阿斯比尔通小姐一向为人随和,尽量宽慰我母亲,畏畏缩缩地开脱说:

"其实,白色也是服丧呀。"

"那么,她肩上的红披巾呢,你也管这叫'服丧'?弗洛拉,你真叫我反感!"母亲喊着说。

我只是在假期那几个月里才看见舅母。大概是由于酷暑,我每回看到她时,她总穿着那种开领很大的又轻又薄的衬衣。母亲对这种袒胸露背比对赤肩上那条鲜红的披巾更为愤懑。

吕西尔·比科兰美丽动人。我至今还保存着她的一张小画像,当年她就是画像上的模样。她看上去那么年轻,仿佛是她女儿们的大姐姐。她按习惯的姿势斜坐着,头搭在左手上,左手小拇指矫揉造作地向嘴唇翘起。一个粗眼发网拢住她那稍稍泻在后颈上的浓密鬖发。在衬衣的开胸处有一条松弛的黑丝绒带子，上面挂着一枚意大利镶嵌画的颈饰。黑丝绒的腰带扎着一个飘动的大结，一顶宽边软草帽用帽带挂在椅背上，这一切更使她增添了几分稚气。她那垂着的右手拿着一本合上的书。

吕西尔·比科兰是克里奥尔人①，她是弃儿，或者很早就成了孤儿。我母亲后来告诉我，伏蒂埃牧师夫妇当时还没有孩子，便收养了这个弃儿或孤儿，不久以后他们离开马提尼克岛，将孩子带回勒阿弗尔。比科兰家也住在勒阿弗尔，这两家人过从甚密。舅父当时在国外一家银行供职，三年以后他回到家里才第一次看见小吕西尔。他爱上了她，并且立刻向她求婚，这事使我外祖父母和我母亲都很难受。吕西尔当时芳龄十六。在此以前，伏蒂埃太太生下两个孩子，她开始害怕这位养女会带坏自己的儿女，因为吕西尔的脾气一月比一月古怪。再说，这一家人也不富裕……这一切都是母亲告诉我的，她想说明为什么伏蒂埃夫妇会高高兴兴地答应了她弟弟的求婚。除此以外，我猜想，年轻的吕西尔开始使伏蒂埃夫妇十分为难。我很了解勒阿弗尔人，他们以什么态度来对待这个迷人的姑娘，这是不难想象的。我后来认识了伏蒂埃牧师，他为人温和，既审慎又天真，他招架不住阴谋诡计，面对邪恶更是无计可施。这个杰出的人当时一定被逼得走投

---

① Créole，安的列斯群岛等地的白人后裔。

无路。至于伏蒂埃太太,我一点也不了解,她生第四个孩子时因难产死去。这个孩子和我年龄相仿,后来成了我的朋友。

吕西尔·比科兰很少参与我们的生活。午饭以后她才从房间走下楼来,立刻又在沙发或吊床上躺下,一直躺到傍晚,等到站起来时,仍然有气无力。她有时在干干的前额上搭一块手绢,仿佛为了擦汗,手绢十分精致,散发出水果而非花卉的香味,使我赞赏不已。有时她从腰间拿出一面有银制滑盖的小镜,它和杂七杂八的物品一同挂在她的表链上。她瞧着自己,用一根指头碰碰嘴唇,沾一点唾沫来润湿眼角。她常常拿着一本书,但书几乎总是合上的,书页中夹着一个角质书签。你走近她时,她并不从遐想中转移目光来看你。有时,从她那不在意的或疲累的手中,从沙发的扶手上,从她衣裙的褶纹上,掉下一方手绢,或是书,或是花,或是书签。有一天,我拾起书来——这是我儿时的回忆——我发现是本诗集,便脸红了。

晚饭后,吕西尔·比科兰从不来到家人围坐的桌旁,而是坐在钢琴前,自得其乐地弹奏肖邦的慢板玛祖卡舞曲,有时节奏倏然而止,她呆呆地停在某个音符上……

和舅母在一起,我总是莫名其妙地感到别扭,惶惑不安,既爱慕又畏惧。也许有一种本能在暗中提醒我要防备她,而且我发觉她瞧不起弗洛拉·阿斯比尔通和我母亲。阿斯比尔通小姐害怕她,而我母亲不喜欢她。

吕西尔·比科兰,我不愿再怨恨你,我愿稍稍忘记你作过那么多恶……至少在谈到你时,我将尽量平心静气。

这一年夏天——也许是第二年夏天,因为背景既然固定不变,我的记忆相互重叠,有时难免混淆不清——有一天,我走进客厅找书,她正在那里。我赶紧往外走,这个平时对我视而不见的女人却叫住了我:

"为什么这么快就走开?热罗姆!我叫你害怕了?"

我的心怦怦直跳。我走了过去,鼓起勇气微笑,对她伸出手去。她用一只手捏着我的手,另一只手抚摸我的脸。

"你母亲给你穿得多难看呀,可怜的孩子……"

我穿的是一件水手服式的敞领上衣,舅母开始揉我的衣服。

"水手服的衣领比这要敞开得多!"她说,一面扯掉衬衣上一颗纽扣,"瞧,你这样不是漂亮多了!"她又拿出小镜,把我的脸拉过去贴着她的脸,用赤裸的手臂搂住我的脖子,将手伸进我那半开的衬衣里,一面笑着问我怕不怕痒,手继续往下摸……我猛然一挣,衬衣破了。我满面通红。她喊着说:"呸!你这个大傻瓜!"我逃走了,一直奔到花园尽头。我将手绢放进菜园的小水池里浸湿,然后搭在前额上,我擦呀洗呀,擦洗脸颊、脖子,所有被这个女人碰过的地方。

吕西尔·比科兰有时候"发病"。病骤然发作,闹得全家不安。阿斯比尔通小姐赶紧把孩子们领开，给他们找点事做。然而，怎么压得住从卧室或客厅里传来的可怕喊叫呢。舅父惊恐万状，只听见他在走廊里跑来跑去，找毛巾啦、花露水啦、乙醚啦。吃饭时，舅母仍然没有露面，舅父愁容满面，衰老而憔悴。

等阵痛差不多过去了，吕西尔·比科兰便把儿女们叫到跟前，至少叫罗贝尔和朱莉埃特。阿莉莎从来不去。在这种郁闷的日子里，阿莉莎闭门不出。有时她父亲去她房间看她，因为他常常和她谈心。

舅母的骤发症使仆人们惶惶然。有天晚上，她的病发作得特别厉害。我待在母亲的房间里，那里对客厅里的一切动静听得不太真切。忽然我们听见厨娘在走道里跑动，一面喊道：

"先生快点下来呀，可怜的太太要死啦！"

原来舅父到楼上阿莉莎的房间里去了。我母亲走出房间去迎他。一刻钟后，他们俩未加留意地从我所处房间敞开的窗前走过。我听见母亲的声音：

"你愿意听我说吗，朋友？这一切纯粹是做戏。"她又说了好几遍，一字一顿地，"做戏。"

这是在丧事以后两年，假期快结束的时候。后来不久我就再也见不到舅母了。一桩可悲的事件使全家惊慌失措。而在这个结局以前又发生了一件小事，使我对吕西尔·比科兰的复杂而模糊的感情转化为纯粹的仇恨。不过，在谈这些以前,我应该对你们谈谈我的表姐。

阿莉莎·比科兰很漂亮,这我当时还没有意识到。吸引我留在她身旁的是一种与单纯的美貌毫不相干的魅力。当然,她的模样像母亲,但她眼光中的表情却截然不同,所以直至很晚我才发现她们的相貌相似。我无法描绘出她的整个面孔,她的五官轮廓,甚至她眼睛的颜色我都记不清了。我记得的只是她微笑时那几乎是忧郁的表情以及她眉毛的线条,它们在眼睛上方高高地形成两个大圆形,这样的眉毛,我在哪里也从未见过……不,见过,在一座但丁时期的佛罗伦萨的雕像上见过。我自然而然地想象出,童年时的贝雅特丽齐①也有类似的长长的拱形眉毛。它们使目光,使整个身体流露出一种既焦虑又信任的探询——是的,热情的探询。在她的身上,一切都只是疑问和等待。我将会告诉你们这种探询如何控制了我,左右了我的生活。

朱莉埃特看上去也许更漂亮,欢乐和健康使她容光焕发。然而,与姐姐的娴雅相比,她的美貌显得肤浅,头一眼就能被人们一览无遗。至于表弟罗贝尔,他没有任何特点,只是一个和我年龄相仿的男孩子。我和朱莉埃特以及罗贝尔一同玩耍,但我和阿莉莎谈心,她很少参加我们的游戏。不管我追忆到多么久远的往事,我记忆中的阿莉莎总是严肃认真,

---

① Beatrice,但丁精神上的爱慕对象,但丁在《新生》及《神曲》中所歌颂的佛罗伦萨少女。

笑吟吟地若有所思。我们谈什么呢？两个孩子又能谈什么呢？很快我就会告诉你们的。可是我想先把与舅母有关的事情讲完，免得以后再提起她。

父亲死后两年的复活节，母亲带我到勒阿弗尔度假。我们没有住在比科兰家，他们在城里的住处比较挤，而是住在母亲的一个姐姐家，她的房子比较宽敞。我很少有机会看到姨母普朗蒂埃，她是一位长久以来寡居的女人。我和她的孩子们也不太熟，因为他们比我年长得多，而且性格也合不来。勒阿弗尔人称作的"普朗蒂埃公馆"不在市内，而是坐落在俯瞰全城的小山的半山腰上。比科兰家靠近商业区。从一条斜坡小道便可以从这一家迅速去到那一家。我每天上坡下坡跑好多次。

那一天，我在舅父家吃午饭，饭后不久他就出门了。我一直陪他走到上班的地方，然后回到普朗蒂埃家去找母亲。人家说她和姨母一道出去了，晚饭时才回来。我马上返回城里。我难得有机会在城里闲逛。我来到港口，海雾使它显得阴沉。我在码头上转了一两个小时。突然，我想出其不意地去看看我刚刚离开的阿莉莎……我跑步穿过市区，来到比科兰家门口按铃，我的心已经冲向楼梯了。女仆打开门，拦住我说：

"别上楼，热罗姆先生！别上楼，太太又犯病了。"

我才不管这些呢："我不是来看舅母的……"阿莉莎的卧室在四楼。二楼是客厅和饭厅，三楼是舅母的房间，里面有说话的声音，房门开着，我必须从门口过去。从房间里射出的一线亮光将梯头平台一切为二。我怕被人发觉，迟疑了片刻，躲藏起来，然而，我看到的景象使我目瞪口呆：房间的窗帘都拉上了，两个枝形大烛台上的蜡烛射出愉快的光，舅母躺在房间中央的长椅上，罗贝尔和朱莉埃特侍在她脚前。她身后站着一个穿中尉制服的陌生的年轻人。今天想来，这两个孩子的在场是多么丑恶的事，可是当时我天真纯洁，竟感到宽慰。

他们笑嘻嘻地瞧着陌生人。他尖声尖气地反复说：

"比科兰！比科兰！……我要是有一头羊，一定给它起名叫比科兰。"

舅母哈哈大笑。我看见她递给年轻人一支烟。他点着了，她吸了几口，烟掉在地上。他扑过去拾起来，假装被一条披巾绊倒，跪在舅母面前……我乘此机会溜了过去。

我来到阿莉莎门前，等了片刻。从楼下传来的笑语声大概盖过了我敲门的声音，因为我没有听见回答。我推开门，门无声无息地开了，房间里很幽暗，我没有立即认出阿莉莎。她跪在床头，背对着窗；窗口射进白日将尽的余晖。我走近她，她转过头，但没有站起来，喃喃地说：

"啊，热罗姆，你为什么又回来了？"

我弯下身去亲吻她。她满面泪水。

这一刹那决定了我的一生。如今回忆起来，我仍惴惴不安。当然,当时我对阿莉莎忧伤的缘由不甚了解,但我强烈地感到,这颗跳动的弱小心灵,这个呜咽抽搐的纤细的身体是承受不了这种悲痛的。

我仍然站在她身旁;她一直跪着。我无法表达新的内心的激情,然而我将她的头搂在胸前,将嘴唇贴在她的前额上,我的灵魂从两唇之间流了出去。我充满了爱情和怜悯,充满了一种模糊的感情。我竭尽全力向上帝呼吁,我愿意献身,我要保护这孩子不受恐惧、邪恶和生活的伤害。我的生命除此以外别无所求。最后我跪了下来,我让她依靠我得到庇护。朦胧之中,我听见她说:

"热罗姆!他们没有看见你吧?啊!你快走吧!别让他们看见你。"

接着她声音更低地说:

"热罗姆,对谁也别讲……可怜的爸爸什么也不知道……"

因此我一个字也没有对母亲讲。但是普朗蒂埃姨母总是和母亲没完没了地嘀咕;她们神情诡秘,忙忙碌碌而又忧心忡忡;她们密谈时,一见我走近便将我支开:"孩子,上别处玩去!"这一切都告诉我,她们对比科兰家的秘密并不是一无所知。

我们刚回到巴黎,就接到电报要母亲返回勒阿弗尔,因为舅母离家出走了。

"和一个男人一起?"我问留下来照顾我的阿斯比尔通小

姐说。

"孩子，将来问你的母亲去吧，我无法回答你。"这位亲爱的老友说。舅母的事使她十分沮丧。

两天以后，我们两人一同去找母亲。那是个星期六。第二天我将在教堂里见到表姐妹们。这是我唯一的念头，因为在我那孩童的思想中，使我们的重聚圣洁化是再重要不过的事了。我才不关心舅母哩，我将保持自尊心，不向母亲打听。

那天早上，小教堂里人不多。伏蒂埃牧师大概有意挑了基督这句话宣讲："你们要努力进窄门。"

阿莉莎在我前面，与我隔着几个座位。我看到她的侧影。我一动不动地盯着她，完全忘记我自己。我狂热地谛听的话语仿佛是通过她传来的。舅父坐在母亲身旁哭泣。

牧师先将整个章节念了一遍："你们要努力进窄门。因为引到灭亡，那门是宽的，路是大的，进去的人也多。引到永生，那门是窄的，路是小的，找着的人也少。"接着，他将主题分段阐述，首先谈到大路……我精神恍惚，仿佛在做梦，眼前又出现了舅母的卧室，我又看见她笑嘻嘻地躺在那里，漂亮的军官也在笑……欢笑这个概念本身仿佛具有了伤害性、侮辱性，仿佛在可憎地炫示罪恶！

"进去的人也多。"伏蒂埃牧师又说，接着他便加以描绘。于是我看见一大群盛装打扮的人嬉笑着、逗闹着向前走去，形成一个行列。我感到自己既不能也不愿加入行列，因为，与他们同行的每一步都会使我离开阿莉莎。牧师又回到章节的第一句话,于是我看见应该努力进去的那扇窄门。我沉入遐想。在我的想象中,它犹如一台轧钢机,我费很大力气才挤进去。我感到异常痛苦,但又预尝到天福之乐。这扇门又变成了阿莉莎的房门。我缩小身体,将我身上残留的自私心统统抛掉才能进去……"引到永生,那门是窄的。"伏蒂埃牧师说。于是,在一切苦行之上,在一切忧愁之上,我想象,我预感到另一种净化的、神秘的、纯洁的欢乐,我的心灵已经渴望的欢乐。我想象这种欢乐犹如一首既尖厉又温柔的提琴曲,犹如一团使阿莉莎和我的心灵陷入衰竭的烈焰。我们俩朝前走,身上穿的是《启示录》中的衣服。我们手拉手,朝着同一目标……这些孩子气的幻想引人发笑,那又何妨呢?我原原本本地加以叙述。这其中难免有含糊不清的地方,那只是因为用词不当,形象不完整,未能表达一种正确的感情罢了。

"找着的人也少。"伏蒂埃牧师最后说。他阐述如何才能找到窄门……"人也少",但我将是这少数人中的一个。

讲道快结束的时候,我的精神已十分紧张,所以,礼拜一完毕,我就逃走了。我没有设法去见表姐——这是出于骄傲。我想考验自己的决心(我已经下了决心),而且我认为,只有立刻远离她,我才更配得上她。

二

　　这番严峻的教导在我的心灵中找到了合适的土壤。我天性尽职守责，我的父母是我的表率，他们使我最初的感情冲动服从于清教徒的戒律，这一切便使我喜爱人们所称作的德行。我克制自己，正如他人放纵自己，都是天经地义的。我所受到的严峻制约，非但不令我厌恶，反而使我得意。对于未来，我寻求的与其说是幸福，不如说是争取幸福的那番无限的努力，我已经将幸福与德行合而为一了。当然，我只是个十四岁的孩子，我尚未定形，可以有多种选择。然而，对阿莉莎的爱情很快便使我断然认定这个方向。这个突如其来的内心启示，使我意识到自己。我发觉自己内向，没有充分觉醒；我充满了期待，对他人漠不关心；进取心不够，梦想的胜利只是在克制自己方面的胜利。我喜欢学习。在游戏中，我只喜欢那些要求动脑筋或费力的游戏。我很少与同龄的同学来往。我和他们一同嬉戏只是出于友情或者礼貌。然而我和阿贝尔·伏蒂埃却交上了朋友。第二年他来巴黎找我，进了我那一班，这是个可爱的、懒散的男孩，我对他的友情多于对他的尊重。但是，和他在一起，我至少可以谈谈我在思想上时时向往的勒阿弗尔和富格兹马尔。

至于我的表弟罗贝尔·比科兰，他也进了我们那所中学当寄宿生，只是比我们低两班。星期天我才见得着他。他不大像我的表姐妹。如果他不是她们的弟弟，我是根本不愿意看见他的。

当时我全心想着自己的爱情，只有在爱情的照耀下，这两个朋友才在我眼中具有某种意义。阿莉莎就像是福音书中那颗无价的珍珠，而我是卖掉一切以得到珍珠的人。尽管我当时还是孩子，但我谈到爱情，将我当时对表姐的感情称作爱情，难道错了吗？后来我的一切感受不见得更配得上爱情这个称呼，而且，当我长大成人，为确切的肉体焦虑而感到痛苦时，我的感情并未改变性质。我幼年时只想配得上这个女人，如今也并不更想去占有她。学习，努力，行善，这一切我都在冥冥之中奉献给阿莉莎。我还发明了德行的最高情操：不让她知道我为她做的事。因此，我陶醉于一种沁人心脾的谦逊之中，而且，唉，我很少考虑自己的喜好，我养成一种习惯，不使我费劲的事不能使我得到满足。

这种竞赛是否只激励我一个人呢？阿莉莎似乎无动于衷，她似乎没有由于我做什么事，也没有为我做任何事，而我的一切努力却都是为了她。在她那朴实无华的心灵中，一切仍然保持着最自然的美。她的美德如此坦然自如，仿佛是本性的流露。她那稚气的笑容使严肃的眼神富有魅力。我又看到她抬起如此宁静的、如此温柔的、探询的眼光。我明白舅父在心绪不宁时为什么去长女那里寻求支持、忠告和安慰。第二年夏天，我经常看见他和她谈话。悲哀使他衰老了许多。在饭桌上他很少开口，有时他突然强作欢笑，这比沉默更叫人难过。他待在书房里抽烟，直到晚上阿莉莎来找他。他勉强同意去室外走走。她把他当孩子似的领到花园去。他们两人走下长满鲜花的小径，来到菜园台阶附近的圆形路口，在我们搬去的椅子上坐下来。

一天黄昏，我滞留在草坪上，躺在绯红的山毛榉的浓荫下看书。我和鲜花小径之间只隔着一排月桂，它们挡住视线，却挡不住声音。我听见阿莉莎和舅父在讲话。他们大概刚刚谈过罗贝尔。阿莉莎提起我的名字，话声开始变得清晰了。舅父大声说：

"啊！他呀，他会永远喜欢学习的。"

我在无意之中成为窃听者。我想走开，或者至少做个什么动作好表示我在这里，可是能做什么呢？咳嗽？叫喊说："我在这儿，我听见你们说话了！"……我保持缄默，不是由于好奇地想听下去，而是出于拘束和羞涩。更何况他们只是路过这里，他们的谈话我只是断断续续听见几句……但他们走得很慢，阿莉莎一定像往常一样，手臂上挽着一只篮子，她摘下凋谢的花朵，在水果架墙脚旁拾起经常被海雾催落的未熟的水果。我听见她清脆的声音：

"爸爸，帕利西埃姑父在世时是不是一个杰出的人？"

舅父的声音低沉闷哑。我听不清他回答什么。阿莉莎又问了一句。

又是含混不清的回答。阿莉莎又问：

"热罗姆很聪明，是吧？"

我怎能不竖起耳朵听呢？……可是不，我什么也听不清。她接着说：

"你想他会成为一个杰出的人吗？"

舅父的声音这时高了起来：

"可是，孩子，我先要弄明白你所谓的杰出是指什么！一个人可能看上去不杰出，至少在人们看来不杰出……而其实是杰出的，在上帝面前是很杰出的。"

"我指的正是这个。"阿莉莎说。

"再说……谁知道呢？他还很年轻……是的，当然，他很有前途，不过光靠这个是不能成功的……"

"还需要什么呢？"

"孩子，你让我怎么说呢？需要信任、支持、爱情……"
"你说的支持是指什么？"阿莉莎打断他说。

"感情和尊重，这正是我所缺少的。"舅父忧愁地说。接着他们的声音便完全消失了。

做晚祷的时候，我对自己无意中偷听谈话感到内疚，拿定主意要向表姐认罪。也许，是想多知道一些的好奇心在其中作祟吧。

第二天，我刚刚说出几个字，她便说：

"热罗姆，这样听人说话是很不好的。你应该告诉我们，要不你就应该避开。"

"我向你担保我不是有心听的……完全是无意中听到的……再说,你们只是从那里经过。"

"我们走得很慢。"

"是的,不过我几乎没有听见,我很快就听不见你们的声音了……喂,你问舅父需要什么才能成功,他是怎样回答的?"

"热罗姆,"她笑着说,"他的话你全听见了!你逗我,让我再说一遍。"

"我保证只听见头几句话……他谈到信任和爱情。"

"后来他说还需要许多别的东西。"

"那你呢,你是怎样回答的?"

"他谈到生活中的支持时,我回答说你有你母亲。"

"啊!阿莉莎,你知道她不会永远守着我的……再说这不是一回事……"

她低下头:

"他也是这样回答我的。"

我颤抖地拉起她的手。

"不管我将来成为什么人,我都是为了你才那样做的。"

"可是,热罗姆,我也可能离开你。"

我的话语发自肺腑:

"可我,我永远也不离开你。"

她耸耸肩:

"难道你还不够坚强,不足以单独前进?我们每个人都应该单独到达上帝那里。"

"但是要你给我指出道路。"

"有基督在,你为什么还要寻找另外的向导呢?……当我们两人彼此相忘而祈祷上帝时,难道那不是我们相互最接近的时刻吗?"

"是的,祈祷上帝使我们相聚,"我打断她说,"我每天早晚向上帝祈祷的正是这个。"

"你不明白什么叫作在上帝身上交融?"

"完全明白,那就是在同一个被崇敬的对象身上热烈相聚。我知道你崇敬的对象,我也崇敬它,这样做仿佛正是为了和你相聚。"

"你的崇敬动机不纯。"

"别对我太苛求了。如果我不能在天上找到你,那我就不要这个天了。"

她将指头贴在唇上,稍稍庄严地说:

"你们要先求上帝的国和他的义。"

我在写这番对话时,想到有些人会认为它不像是孩子的语气,其实他们哪里知道,有些孩子喜欢使用严肃的语言。这我有什么办法呢?我要设法为它辩解?不会的,正如我不愿为使它们显得自然而着力粉饰一样。

我们弄到一本拉丁文版的福音书,背诵其中长长的章节。阿莉莎曾和我一起学拉丁文。她借口说是为了辅导弟弟,但是我猜测她是想在阅读方面继续与我结伴。当然,有些科目,我知道她是不会伴随我的,我也就不敢对它们发生兴趣。如果说,这一点偶尔妨碍了我,它却并不像人们所想象的那样截断我精神上的冲劲,正相反,我觉得她自由自在地处处走在我前面。我的精神根据她来选择道路。当时萦回在我们脑际的所谓的思想往往只是某种交融的借口,这种交融比感情的某种形式、爱情的某种表露更为讲究。

最初,母亲探听我们的感情。她当时还无法衡量这感情有多深。而现在,她感到体力渐衰,她喜欢用母性的温暖将我们俩拥抱在一起。她长久以来就有心脏病,如今发作得越加频繁。有一次,她犯病比较厉害,把我叫到跟前说:

"可怜的孩子,你瞧我大大衰老了。有一天我会突然抛下你的。"

她停住,透不过气来。我情不自禁地喊了起来,这似乎正是她期待的话:

"妈妈……你知道我愿意娶阿莉莎。"这句话和她最隐秘的想法不谋而合,她马上接着说:

"是呀,我正想和你谈这件事,我的热罗姆。"

"妈妈!"我抽泣着说,"你想她是爱我的,是吧?"

"是的,孩子。"她又温柔地重复好几遍,"是的,孩子。"她说话很吃力。她又说:"由主来安排吧。"我俯着头待在她身旁,她便把手放到我头上,说:

"愿上帝保佑你们,我的孩子们!愿上帝保佑你们俩!"接着她又昏昏沉沉睡过去,我没有设法将她弄醒。

这次谈话从此再未提及。第二天,母亲感觉好一些。我又回到学校,这半截知心话到此为止。再说,我还能多知道些什么呢?阿莉莎爱我,这我不可能有丝毫怀疑。即便有过怀疑,后来发生的那件不幸的事也将它从我心中一扫而光。

母亲在一天傍晚时平静地死去。只有阿斯比尔通小姐和我在她身边。使她死的那场病一开始并不比以往几次厉害,只是到了最后病情才恶化,而亲戚们都未能赶来。第一天夜里我和母亲的老友一起为亲爱的死者守灵。我挚爱母亲,可是,尽管我哭泣,我却惊奇地发觉自己并不悲伤,而是在为阿斯比尔通小姐洒同情之泪,因为比她年轻许多的这位女友竟先她而去上帝那里。我暗想丧事会使表姐向我奔来,而这种想法大大地压倒了我的忧愁。

第二天舅父来了。他递给我一封他女儿的信。她得再过一天才和普朗蒂埃姨母一同来。

"……热罗姆,我的朋友,我的兄弟,"她在信中写道,"……我多么遗憾未能在她去世以前对她说那几句话,那会使她得到她所盼望的巨大的安慰。现在,但愿她原谅我吧!从今以后,但愿只由上帝指引我们两人!再见,可怜的朋友。我比任何时候都更是你温存的阿莉莎。"

这封信意味着什么呢?她遗憾未能说出的又是什么呢?难道不是以身相许?当时我还年轻,不敢立刻向她求婚。况且,难道我需要她的许诺吗?我们不是已经如同未婚夫妻了吗?我们的爱情对亲友们都不再是秘密了。舅父和我母亲一样毫不反对,相反,他已经将我看作亲生儿子。

几天以后就是复活节,我去勒阿弗尔度假,住在普朗蒂埃姨母家,几乎每顿饭都在比科兰舅父家吃。

费莉西·普朗蒂埃姨母是世上最好的女人了,然而,无论是我还是表姐妹都和她不太亲密。她气喘吁吁地忙个不停,她的动作毫不温柔,声音也毫不悦耳。她爱抚我们时粗手粗脚,不论在什么时候,她都要抒发激情,抒发对我们的满腔热情。比科兰舅父很喜欢她,可是当他和她说话的时候,他那声调使我们轻易地感觉出他更喜欢我母亲。

"可怜的孩子,"一天晚上她对我说,"我不知道今年夏天你打算干什么。我必须知道你有什么打算才能决定我自己的事。要是我能对你有所帮助……"

"我还没有好好想过这一点,"我回答她说,"也许我要去旅行。"

她又说:

"你知道,在我这里和在富格兹马尔一样,你将永远是受欢迎的人。你的舅父和朱莉埃特都喜欢你去……"

"您是说阿莉莎吧。"

"对!请原谅……你想想,我原先还以为你爱的是朱莉埃特呢!后来你舅父和我说了……不到一个月以前吧……你知道,我可是很爱你们的,只是我对你们不太了解,我们见面的机会太少了!……再说,我这人不善于观察。我没有时间好好安定下来观察那些与我无关的事。我总是看见你和朱莉埃特一起玩……我以为……她又漂亮又快活。"

"是的,我很愿意和她玩,但我爱的是阿莉莎……"

"很好!很好!这由你做主。我呢!你知道,可以说我不了解她。她不像她妹妹那样爱说话。你挑上她,我想一定是有充分理由的吧。"

"可是,姨母,我并不是经过挑选才爱她的。我从来也没有想到为什么……"

"你别生气,热罗姆,我跟你这样说毫无恶意……我刚才说什么来着……啊,对了。最后你们要结婚,这是当然的。可是,你现在还在服丧,所以不能名正言顺地订婚……再说,你还很年轻……既然你母亲不在身边了,你一个人去富格兹马尔可能引起闲话……"

"是呀,姨母,正是因为这一点我才说去旅行。"

"好,孩子,我如果去富格兹马尔,对你就方便得多。我已经安排好了,今年夏天有一部分时间是空闲的。"

"只要我请求阿斯比尔通小姐,她肯定愿意来的。"

"我知道她会来的。可这还不够!我也去……啊!我并不想取代你可怜的母亲。"她突然抽噎说,"不过,我去管管家务……总之,你,你舅父,阿莉莎都不会感到拘束的。"

费莉西姨母对她在场的效果作了错误的估计。说实在的,正是她使我们感到拘束。像她宣布的那样,从七月份起,她就住在富格兹马尔。不久以后,阿斯比尔通小姐和我去富格兹马尔与她相聚。她借口帮助阿莉莎料理家务，使这座一向十分宁静的房子充满了持续不停的喧嚣。她殷勤地想使我们高兴，用她的话说，想"使事情方便一点"，可是她殷勤得过了头，以致阿莉莎和我在她面前十分拘谨，几乎是沉默不语。她一定觉得我们很冷淡……即使我们说话，她能理解我们的爱情的性质吗？相反，朱莉埃特的性格比较适应这种奔放的热情。姨母对最小的侄女流露出明显的偏爱，这使我反感，这种反感可能影响我对姨母的感情。

一天早上，她收到信函以后把我叫去说：

"可怜的热罗姆，我十二万分地抱歉，我女儿生病了，叫我去。我不得不离开你们……"

我怀着多余的顾虑，跑去找舅父，我不知道姨母走了以后我该不该留在富格兹马尔。

可是，他一听我说话就嚷嚷道：

"我这位可怜的姐姐又胡想些什么了？再自然不过的事被她弄得这么复杂！哎，你为什么离开我们呢，热罗姆？难道你不像是我自己的孩子吗？"

姨母在富格兹马尔又住了十五天。她一走，家里就静默下来，它再次充满酷似幸福的宁静。我的丧母的悲哀并未使我们的爱情黯然失色，只是仿佛给它增添了几分严肃。一种单调流逝的生活开始了，我们仿佛置身于音响效果很好的大厅，我们心脏的轻微跳动都能听得到。

姨母走后几天，一天晚饭时，我们谈到她——我至今还记得：

"多能折腾呀！"我们说，"难道说，生活的浪涛使她的心灵也同样忙个不停？爱的美丽的外表，你的倒影在这里变成了什么？"因为我们想起歌德的一句话，他在谈到斯坦因夫人①时说道："看到这颗心灵反映出整个世界将是美妙的。"于是我们很快便确立了一种我也不清楚的等级制，认为沉思的品德是最高尚的。一直沉默不语的舅父忧郁地笑着说：

"孩子们，上帝会认出自己的形象来，即使它残缺不全。我们不要根据人们生命中的片刻时间来评论他们。我可怜的姐姐身上那些你们不喜欢的东西都是由于某些事情造成的，这我很了解，所以我不会像你们那样严厉地批评她。年轻时讨人喜欢的品德，到了老年，没有不变质的。你们说费莉西好折腾，其实，当初这只是可爱的激情、冲动、随性所至和优雅大方。肯定地说，那时候的我们和今天的你们也不差上下。我那时很像你现在这个样子，热罗姆，也许比我估计的更像。费莉西就像现在的朱莉埃特……是的，连外貌也像。"他转身对女儿说："你的某种声调使我想起她，她也像你这样微笑，也有你这种姿势，当然后来很快就没有了。她有时像你这样闲散无事地坐着，手肘向前撑着，前额放在交叉的两手上。"

---

① Charlotte von Stein（1742—1827），歌德青年时代的情人。

阿斯比尔通小姐转身朝着我,用几乎是低低的声音说:
"阿莉莎像你母亲。"

这一年的夏天明媚灿烂。万物似乎都沐浴在碧蓝之中。我们的热忱战胜了邪恶,战胜了死亡。阴影在我们面前退去。我每天醒来时满心欢悦。我拂晓即起,奔向白日……当我回忆这段时光时,我看到它沾满了露水。朱莉埃特比睡得很晚的姐姐起身早,她和我一同下楼去花园。她成了我和她姐姐之间的信使。我没完没了地向她讲述我们的爱情,她也似乎从不厌烦地听着。我不敢对阿莉莎讲的话,都对朱莉埃特讲,因为我对阿莉莎爱慕过深,在她面前变得胆怯和拘束。阿莉莎似乎也同意我这种做法。我和朱莉埃特快活地谈话使她觉得有趣。她不知道,或者说,假装不知道我们一直在谈论她。

啊,爱情,甚至极度的爱情,你那美妙的矫饰通过怎样的暗道使我们从欢笑过渡到眼泪,从最无邪的欢乐过渡到德行的苛求呀!

夏天在流逝,多么纯净,多么光润,如今想来,那些滑过去的时光,几乎什么也记不起来了。唯一的事件就是谈话、阅读……

"我做了一个不愉快的梦。"假期将尽的一天早上,阿莉莎对我说,"我梦见我活着,而你却死了。不,我没有看见你死。只是这样:你已经死了。这真可怕。简直是不可能的事,所以我想法让你只与我分离。我们分离,但我感到有办法与你重聚。我想办法,于是我拼命努力,一下便醒了。

"今天早上,我仿佛还受这个梦的影响。我继续做梦,仍然要与你分离,长久地,而且一辈子都要作出很大努力……"

"为什么?"

"我们各自都要作出很大努力,好重新团聚。"

我不把她的话当真,也许是害怕。我的心在剧烈地跳动,我突然鼓起勇气,仿佛为了表示异议地说:

"而我呢,今天早上我梦见和你结婚了。我们结合得那么紧密,以至没有任何东西可以使我们分离,除了死亡。"

"你认为死亡能使人分离?"她又说。

"我是说……"

"我的想法正相反,死亡使人们相互接近,是的,使活着时分离的人们相互接近。"

这一切深深进入我们的内心,谈话的声调至今犹在耳际。然而,后来我才明白这番话的全部严肃性。

夏天消逝了。大部分田野已是光秃秃的,视线可以意外地伸展得很远。在我走的头天晚上,不,头两天晚上,我和朱莉埃特一起朝下花园的树丛走去。

"你昨天给阿莉莎背诵的是什么?"她问我。

"什么时候?"

"在泥灰岩的长椅上,我们走了以后……"

"啊！……大概是波德莱尔的诗①吧。"

"哪几首？你不愿意告诉我！"

"'不久我们将沉入寒冷的黑暗。'"我不大情愿地念道，但她立刻打断我的话，用颤抖的、异样的声音接着念：

"'再见吧，匆匆即逝的灿烂夏日！'"

"怎么，你也知道？"我十分惊奇地喊了起来，"我还以为你不喜欢诗呢……"

"那又是为什么呢？就因为你不背给我听？"她笑着说，但有几分拘束……"有时候你好像以为我是个大傻瓜。"

"聪明人也不见得非要喜欢诗嘛。我从没有听过你念诗，你也从来没有要我背给你听。"

"因为这由阿莉莎一人包了……"她沉默片刻，然后突然说：

"你后天走？"

"该走了。"

"今年冬天你干什么？"

"上高等师范一年级。"

"你打算什么时候娶阿莉莎？"

"等服完兵役，甚至等我对将来干什么有个头绪以后。"

"这么说你还不知道将来干什么啦？"

---

① 下引两句诗出自波德莱尔（Charles Baudelaire, 1821—1867）《恶之花》中的《秋歌》。

"我现在还不愿意知道。我感兴趣的东西太多了。将来我必须选择，只能干一件事，而这个时刻，我想尽量推迟。"

"你推迟订婚，也是害怕确定下来吧？"

我耸耸肩，没有回答。她追问说：

"你们迟迟不订婚，还等什么呢？为什么不马上订婚呢？"

"又为什么要订婚呢？尽管没有通知外人，但我们知道我们彼此属于对方，将来也仍然如此，难道这还不够吗？既然我甘愿将终身献给她，你认为用诺言来束缚我的爱情会更美妙吗？我可不这么想。誓愿似乎是对爱情的侮辱……只有等我不信任她时，我才想订婚。"

"我不信任的可不是她……"

我们走得很慢。我们来到花园中我曾在无意中听见阿莉莎和她父亲谈话的那个地方。我脑中突然闪现一个念头。刚才我看见阿莉莎来到花园里，也许她正坐在圆形路口，从那里可以听见我们的谈话。让她听见我不敢当面对她讲的话，这种可能性立刻使我着迷。我觉得自己这一手很有趣，便提高嗓门说：

"啊！"这声感叹表达了我那个年龄的稍稍夸张的激情。我专心致志地说话，对朱莉埃特意犹未尽的话未加注意……"啊，如果我们俯身瞧着我们所爱的人的心灵，就像瞧一面镜子，镜中会反映我们怎样的形象呢？洞察他人，如同洞察我们自己，甚于洞察我们自己！这是何等宁静的柔情！何等纯洁的爱情！"

我狂妄地认为是自己这番抒情词使得朱莉埃特慌乱不安。她突然将头伏在我肩上说：

"热罗姆！热罗姆！你要保证使她得到幸福。你要是使她痛苦，那我想我会憎恶你的。"

"啊，朱莉埃特，"我喊道，一面亲吻她，扶起她的头，"我也会憎恶我自己。你知道吗……我直到现在还不愿意决定自己的事业，正是为了更好地和她一起开始生活！我的整个前途都取决于她！没有她，不管我将来成为什么人，我都不愿意……"

"你和她谈的时候，她怎么说呢？"

"我从来不和她谈这些，从来不谈！也正由于这一点我们到现在还没有订婚，我们从来不提结婚的事，从来不谈我们将来要干什么。啊，朱莉埃特，和她一起生活，这太美了，以至我不敢……你明白吗？我不敢和她讲这些。"

"你想让幸福对她来个突然袭击？"

"不！不是这样。我害怕……害怕吓着她，你明白吗？……我害怕我预感到的巨大的幸福会吓着她！有一天，我问她想不想先旅行。她回答说她什么也不想，只要知道这些国家是存在的，只要知道它们很美，只要知道别人可以到那里去，就足够了……"

"那你呢！热罗姆，你想旅行吧？"

"哪儿都想去！我觉得整个人生就像是长途旅行，和她一起，在各种书、人、国家里游历……你想过这个词的含义吗：

起锚?"

"是的,我常常想。"她低声说。

可是,我几乎没有听她讲,我让她的话语像可怜的受伤的小鸟一样掉在地上。我又说:

"在夜里启程,醒来已是耀眼的黎明,我们在变化莫测的波涛上,感到只有我们两人……"

"然后抵达一个我们童年时在画片上看到的海港,那里的一切都是陌生的……我想象你在舷梯上,挽着阿莉莎的手臂下船。"

"然后我们就赶紧去邮局,"我笑着说,"去取朱莉埃特给我们写的信……"

"……从富格兹马尔寄出的,她将留在那里,你们会觉得富格兹马尔多么渺小,多么愁闷,多么遥远……"

她确实是这么说的吗?我不能肯定,因为,我告诉你们,我心中充满了自己的爱情,除了它以外,我一概听不见。

我们来到圆形路口附近,正要往回走,突然阿莉莎从暗处走了出来。她面色苍白,朱莉埃特惊叫起来。

"我身体不大舒服,"阿莉莎结结巴巴地赶紧说,"空气有点凉。我看还是回屋去吧。"她马上离开了我们,快步朝房子走去。

"她听见我们的话了。"等阿莉莎稍微走远以后,朱莉埃特大声说。

"可我们没有说什么叫她难过的话呀。正相反……"

"让我走吧。"她说,一面奔去追赶姐姐。

这一夜我未能入睡。晚饭时阿莉莎露了露面,但推说头痛便很快回房间去了。我们的谈话,她听到了什么呢?我忐忑不安地回忆我们说了些什么。后来,我想自己大概不该用手臂搂着朱莉埃特走路,离她太近,然而这是孩童时代就养成的习惯,而且阿莉莎不止一次地看见我们这样走路呀。啊!我当时是可怜的瞎子,我摸索着去寻找自己的错误,竟然根本没有想到这一点:我没注意听,而且也记不清朱莉埃特的话,阿莉莎也许听懂了。随它去吧!我的忧虑使我惶惶不安。一想到阿莉莎可能对我产生怀疑,我又万分恐惧。我想象不出会有什么别的危险,便作出决定。尽管我对朱莉埃特就订婚问题说了那番话,但也许她的话影响了我,我决定克服自己的顾虑和恐惧,第二天就订婚。

这是我走的前一天。我想,也许这是她忧愁的缘由吧。她似乎避着我。整整一天过去了;而我未能单独和她见面。我担心在走以前再不能和她谈一谈,便在晚饭前不久去她的房间。她正在戴一条珊瑚项链。她举起两臂,低下头扣链圈。她背朝着门,瞧着放在两支点燃的蜡烛中间的镜子。她最初在镜子里看见了我,看了我好一会儿,没有转过身来。

"噫!我的房门没有关?"她说。

"我敲了门,你没有回答,阿莉莎。你知道我明天就要走了？"

她默不作声，将她没有扣上的项链放在壁炉上。订婚这个字眼在我看来太唐突、太粗鲁，因此我改用一种婉转的说法。阿莉莎明白我的意思以后，仿佛跟跄了一下，靠在壁炉上……任我自己战战兢兢，害怕得不敢抬头看她。

我站在她身旁，我仍然低着头，拉起她的手。她没有挣脱。她稍稍低下脸，稍稍抬起我的手，将嘴唇贴着它。她半倚着我喃喃说：

"不，热罗姆，不，我们不订婚，我求你……"

我的心怦怦直跳，我想她也感觉到了。她用更温柔的声音说：

"不，现在还不……"

我问她：

"为什么？"

"应该我来问你：为什么？为什么要改变？"

我不敢对她提起前一天的谈话，可是她一定猜到我在想什么。她仿佛针对我的思想，直直地盯着我说：

"你误会了，我的朋友。我不需要那么多的幸福。我们现在这样不是很幸福吗？"

她想微笑，但是枉然。

"不，因为我得离开你了。"

"听我说，热罗姆，今天晚上我又不能和你谈话……别破坏我们相聚的最后时光……不，不。我和从前一样爱你，你放心吧！我会给你写信，向你解释的。我答应给你写信，从明天起……等你一走我就写。现在你走吧。瞧，我哭了……你走吧。"

她把我推开，慢慢地推离她身旁，这就是我们的告别，因为那天晚上，我未能再和她说话，而第二天，我动身的时候，她待在房间里没有出来。我看见她在窗口向我挥手告别，目送着马车载我远去。

三

那一年我和阿贝尔·伏蒂埃同时进了高等师范。在此之前,我几乎没有见到他。他未等征兵就提前入伍,而我正准备学士学位,同时重读修辞班。我比阿贝尔小两岁,所以将服兵役推迟到高等师范毕业以后。

我们重逢,十分高兴。他从军队出来以后旅行了一个多月,我担心他变了。他只是更加沉着,而往日的魅力丝毫未减。开学的前一天下午,我们是在卢森堡公园度过的。我压制不住心事,向他详详尽尽地谈到我的爱情,这件事他原先就知道。在那一年里,他和女人有些来往,所以摆出有点自命不凡的优越神气,不过我对此毫不介意。他打趣说我不够斩钉截铁,这是他用的词,还说决不能让女人恢复镇静,此乃原则。我由他说去,但我心想他那番高明的见解既不适用于我,也不适用于她,只是表明他对我们很不了解罢了。

我们到校的第二天,我便收到这封信。

我亲爱的热罗姆:

我对你提出的那件事考虑了很久。(我提出的事!管我们的订婚叫这个名字！）对你来说，我的年龄恐怕稍大一点。你现在还感觉不出，因为你没有机会看见别的女人。可是我想到将来，在我委身于你以后，如果你不再喜欢我，那我会多么痛苦。你看到这封信一定会生气的，我仿佛听见你在申辩，不过我请你再等等，等你在生活中更为成熟。

　　你明白，我这样做只是为你好，至于我，我想我永远也不会停止爱你的。

阿莉莎

我们停止相爱！会有这种事吗？我既伤心，又惊讶不已。我不知所措，立刻跑去找阿贝尔，将信给他看。

　　"那你打算怎么办呢？"阿贝尔抿着嘴唇，摇着头看完信说。我摊开双臂，满心惶惑和苦恼。"我希望，你至少别回信！和女人一讨论起来，你就完蛋了！……听我说，星期六我们可以去勒阿弗尔过夜，星期天早上去富格兹马尔，星期一早上赶回来上第一节课。自从服兵役以后，我就再没有见到你的亲戚。这是一个对我很体面的、站得住的借口。阿莉莎要是看出来这是借口，那就更好了！你和姐姐谈心的时候，我找朱莉埃特。你千万别耍孩子气……说真的，你这件事里面有点什么东西我还没弄清楚，你肯定没有统统告诉我……没关系！我会弄清楚的……千万别说我们要去，要使你表姐措手不及，使她来不及戒备。"

我推开花园的栅栏门时,心在剧烈地跳动。朱莉埃特立即跑过来迎我们。阿莉莎正在烫衣服,没有马上下楼。我们和舅父以及阿斯比尔通小姐谈话。最后阿莉莎才走进客厅。如果说我们的突然到来使她局促不安的话,至少她没有丝毫的流露。我想到阿贝尔对我说的话,我想她迟迟不露面正是为了做好戒备以对付我。朱莉埃特异常激动,相比之下,阿莉莎的含蓄更显得冷淡。我感到她对我的归来很不以为然,至少她尽量流露出这种神态,而我不敢在这种神态后面寻找更热切的隐秘的激情。她坐在一个角落里,靠近窗口,离我远远的。她仿佛专心致志地在做一件刺绣活儿,努动嘴唇数着针脚。阿贝尔在说话,幸亏有他!因为我简直没有勇气开口。他讲述服兵役那一年以及旅行期间的见闻。要是没有他,这次见面的头几分钟会十分沉闷。舅父似乎也非常不安。

吃过午饭以后,朱莉埃特立刻把我叫到一边,拉到花园里去。

"你想得到吗,有人向我求婚了!"我们两人单独在一起时,她说,"费莉西姑妈昨天给爸爸来了信,说尼姆的一位葡萄种植商对我有意思。据她说这是个好人,他今年春天在社交场合见过我几次,便爱上了我。"

"你注意到这位先生了吗?"我对求婚者怀着一种不自觉的敌意问道。

"注意到了,我知道是谁。他是个堂吉诃德式的老好人,没有修养,很丑,很俗气,滑稽可笑,姑妈见到他没法不笑。"

"那他有……希望吗？"我用揶揄的口吻说。

"瞧你，热罗姆！你瞎开玩笑！一个商人！……你要是见到他，就不会这样问我了。"

"那……舅父怎样答复的呢？"

"和我一样：我还太年轻，不到结婚的年龄……倒霉的是，"她笑着说，"姑妈早料到我们会不同意，所以她在附言里又说，爱德华·泰西埃尔先生，这是他的名字，同意等我，他早早提出订婚只是为了'排上号'……真荒谬，可我有什么办法呢？总不能叫人跟他说他太丑吧！"

"不，你就说你不愿意嫁给一个葡萄种植商。"

她耸耸肩：

"在姑妈的脑子里，这种理由是站不住的……不谈这个了。阿莉莎给你写信了吗？"

她一口气说这些话，仿佛十分激动。我把阿莉莎的信递给她看，她看过后满脸通红。我觉得她的声音里含着怒气，她问道：

"那你怎么办呢？"

"我也不知道。"我回答说，"现在我来了，我感到还不如当初写信，事情会更好办一些。我已经后悔，我不该来的。你明白她是什么意思吗？"

"我明白她想让你保持自由。"

"难道我，我那么看重自由吗？你知道她为什么给我写这些？"

她回答说:"不知道。"她的语气那么冷淡,尽管我猜不到真相,但从此时起,我认为朱莉埃特对真相并非一无所知。我们来到小径拐弯处,她突然转身说:

"现在让我走吧,你来这里不是为了和我谈话的。我们在一起待得太久了。"

她逃开了,朝屋子跑去,不久我便听见她在弹钢琴。

我回到客厅里,她和来找她的阿贝尔正在谈话,一面仍在弹琴,但她无精打采,仿佛漫不经心地即兴弹奏。我离开他们。我在花园里徘徊了很久,寻找阿莉莎。

她在果园尽头的墙根下采摘头几枝菊花,菊花的芳香和山毛榉枯叶的芳香混在一起。空气中充满了秋意。阳光只能使小果架墙稍有几分暖气,但东方的天气十分纯净。一顶泽兰式大帽子几乎遮住她的脸,这帽子是阿贝尔旅行回来送给她的,她马上就戴在头上了。我走近她,她最初没有转过身来,但她情不自禁地颤抖,这表明她听出了我的脚步声。我准备奋斗,鼓足勇气以应付她的责备和她将沉重地投向我的严厉目光。可是,当我离她相当近时,我胆怯地放慢了脚步。她最初并没有掉头看我,仍然像一个赌气的孩子那样低着头,但她却朝背后,朝着我伸出那只握满鲜花的手,仿佛示意我走过去。看到这个手势,我却反而开玩笑地站住了。她终于回过头来,朝我走了几步,抬起头,于是我看见她满面笑容。她的目光照亮了一切,顷刻之间,一切又显得那么简单而容

易,我用自然的声调毫不费劲地说:

"是你的信让我回来的。"

"我早猜到了,"她说,接着她便用婉转的声音来冲淡尖锐的斥责,"正是这一点叫我生气。你为什么误解了我的话呢?那是清清楚楚的……(果然,忧愁和困难再次只是我的幻想,再次只存在于我的臆想中。)我跟你说过,我们这样很幸福,你要求改变,我拒绝了,这有什么奇怪的呢?"

确实,在她身边我感到幸福,非常幸福,以至我的思想要求和她的思想融洽一致。我什么也不再期望,只要有她的微笑,只要能和她在一起,像现在这样走着,在两旁是鲜花的、暖暖的小径上,手拉手地走着。

"如果你愿意这样,"我严肃地说,骤然放弃了其他一切希望,完全沉浸在当时的极端幸福之中,"如果你愿意这样,我们就不订婚好了。我收到你的信时,明白我是幸福的,确实如此,可是我也明白我即将失去幸福。啊!把我往日的幸福送给我吧,我不能没有它。我爱你,可以等你一辈子。可是,你不再爱我,或者你怀疑我的爱情,阿莉莎,一想到这个我就受不了。"

"唉!热罗姆,我是不会怀疑的。"

她的声音既安详又忧愁,可是使她容光焕发的那丝微笑依旧如此平静,以致我为自己的恐惧和表白感到羞愧,我感到她话语深处忧愁的余音仿佛完全是出自它们。于是我直截了当地谈起了我的计划、我的学习,以及我期望从中大获益处的新的生活方式。当时的高等师范并不像最近以来的样子，它有相当严格的纪律，这有利于训练勤奋学习的毅力，只有对于懒散或者倔强不驯的人来说，才成为负担。我很高兴的是，这种几乎修道院式的生活使我免于接触社交界，而社交界对我来说本就没有吸引力。只要阿莉莎怕它，我便立刻憎恶它。阿斯比尔通小姐在巴黎还保留着往日与我母亲同住的那套房间。阿贝尔和我在巴黎只有她这个熟人。我们每星期天都要去她那里待几个小时。每星期天我都要给阿莉莎写信，好让她清楚地知道我的生活。

我们坐在打开的窗子的框架上。从窗子里杂乱地伸出黄瓜的藤蔓，最后几条黄瓜已经摘去了。阿莉莎听我讲，询问我。我从未感到她的柔情如此专注，感情如此恳切。害怕，担忧，甚至最轻微的不安都消失在她的微笑中，消失在这种迷人的亲密感情中，就好比雾气消失在澄蓝、澄蓝的天空中一样。

后来，朱莉埃特和阿贝尔来找我们，我们坐在山毛榉林中的长椅上，重读史文朋[①]的《时间的胜利》来消磨下午余下的时间。我们轮流读上一段。黄昏来临。

"好了！"我们动身的时候，阿莉莎吻着我，半打趣地说。她摆出一副大姐姐的神气，也许是我那冒失的行动使她这样，也许她愿意如此。"现在答应我，从今以后，你再不这样浪漫了……"

---

① Algernon Charles Swinburne（1837—1909），英国诗人。

"怎么样？订婚了吗？"只剩下我们两人的时候，阿贝尔立刻问我。

"亲爱的，再不提这个问题了。"我说。我立刻又用一种不容他追问的语调说："这样更好。我从来没有像今晚这样幸福。"

"我也是。"他叫喊说。他突然扑过来抱住我的脖子说："我要告诉你一件奇妙的、了不起的事。热罗姆，我发狂地爱上了朱莉埃特！去年我已经猜着几分，但后来我去见了世面，在没有看见你的表姐妹以前，我不愿对你讲。而现在，成了，我这一生就定了。

"我爱，岂止是爱，我崇拜朱莉埃特。"

"长期以来，我觉得我们仿佛是连襟。"

接着，他又笑又闹，用力亲吻我，像孩子一样在载我们回巴黎的车厢的坐垫上打滚。他的自白使我惊呆了。我觉得其中有臆想的成分，因而有几分别扭。但是，面对如此的狂热和欢乐，我怎能无动于衷呢？……

"怎么！你表白爱情了？"我乘他热情吻抱的空隙，终于提出了问题。

"没有！没有！"他喊着说，"我不愿意越过这种事里最迷人的章节。

爱情中最美妙的时刻，
并不是当你说'我爱你'。

"喂,你不会责怪我吧!你这个办事拖拉的行家。"

"可是,"我稍稍不安地问道,"你认为她,她那方面……"

"你没有注意她见我时多么局促吗?我们做客的这整段时间,她总是激动,脸红,话那么多?……不,当然啦,你什么也没有注意,你一心想的是阿莉莎……她还向我打听许多书!她如饥似渴地听我讲!一年以来,她的智力大大成熟了。我不知道你根据什么说她不爱看书。你总以为只有阿莉莎才爱看书……可是,亲爱的,她知道许多东西,真叫人吃惊!你知道晚饭前我们玩的是什么吗?我们回想但丁的一首抒情诗,每人背一段,我背错了她还提醒我呢。你知道:

Amor che nella mente mi ragiona.①

"你可没有告诉我她学过意大利文呀。"

"我自己也不知道呀。"我相当惊奇地说。

"怎么!她开始背诗的时候,说这首诗是你教给她的。"

"那一定是哪一天她听见我念给她姐姐听了。她常常像现在这样,坐在我们旁边缝衣或刺绣,可是丝毫没有显示她听得懂呀。"

"真的!阿莉莎和你,你们俩自私得叫人吃惊。你们完完全全沉浸在爱情里,对于她的才智,她的心灵的奇妙发育,

---

① 意大利文,意为:我心中的爱向我讲述。

你们竟然看也不看。我这不是恭维自己,不过,我来得确实正是时候。不,我不怨你,这你明白。"他再次吻抱我说,"只是你得答应我:这件事绝对别告诉阿莉莎。我愿意一个人进行。朱莉埃特爱上了我,这是肯定的,我可以把她放一放,直到下一个假期再说,我甚至想在放假以前不给她写信。到了新年,我们两人去勒阿弗尔度假,于是……"

"于是……"

"嗯,阿莉莎会突然知道我们订婚。我打算办得利利索索。然后你猜会发生什么事?你现在无法得到的阿莉莎的允诺,我可以借助我们的榜样,为你争取到手。我们将劝说她,说你们不结婚,我们也结不了婚……"

他继续说下去,滔滔不绝的话语像浪潮一般淹没了我。车抵巴黎,我们回到高等师范,他仍然没有住嘴。尽管我们从火车站步行回校,已是深夜,阿贝尔仍然送我到房间里,在那里又一直谈到天亮。

兴奋热情的阿贝尔既安排了现在,也安排了未来。他想象我们这两对人的婚礼,他已经在讲述如何如何进行,他想象并描绘出每个人的惊讶和喜悦。他爱上了我们这个动人的故事,我们的友谊,以及他在我的爱情中所起的作用。我招架不住这种使我高兴的热情,最后我也热血沸腾,渐渐对他那诱人的虚幻的建议心向往之。在爱情的激励下,我们的抱负和勇气也膨胀起来。等我们一毕业,就请伏蒂埃牧师给我们主持婚礼,然后我们四个人便启程去旅行。我们将从事伟大的事业，我们的妻子将高高兴兴地成为我们的合作者。阿贝尔对教书不感兴趣，他认为自己有写作的天赋，他将写出几个十分成功的剧本，很快就能赚到他目前所缺乏的一大笔钱；至于我，我对研究本身比对它所带来的利益更感兴趣，我想从事宗教哲学方面的研究，打算写一本宗教哲学史……可是现在回忆当时那庞大的计划，又有什么用呢？

第二天，我们又投入了学习。

四

在新年假期以前，时间过得很快，因此和阿莉莎的最后一次谈话使我怀有的信心，一刻也未衰弱。我照原先的打算，每星期天给她写一封长长的信。别的日子里，我避开同学们，只和阿贝尔来往。我靠着对阿莉莎的想念来生活。我在自己喜欢的书上为她作了许多记号。我根据她可能产生什么兴趣来决定我该寻求什么兴趣。尽管她相当有规律地给我回信，但她的信仍然使我不安。她热情关心我，然而我感到她是为了鼓励我，而不是出于思想上的接近。对我来说，评价、讨论、批评只是表达思想的方式，而对她来说，我觉得正相反，她用这些来掩饰自己的思想。有时我怀疑她是不是在拿这开玩笑……没关系，我下决心不抱怨，因此，我的这种不安在信中毫无流露。

快到十二月底的时候，阿贝尔和我动身去勒阿弗尔。

我住在普朗蒂埃姨母家。我去的时候她不在。可是，我刚在房间里安顿好，一个仆人就来通知我说她在客厅里等我。

她稍稍询问我的健康、学习和居住情况，然后便立即毫

无拘束地转到使她充满感情和好奇心的话题:

"孩子,你还没有告诉我你对在富格兹马尔的那段日子是否满意呢?你的事情是不是有点进展了?"

我不得不忍受姨母那笨拙的天真。对我的爱情来说,最纯洁最温柔的字眼还失之粗鲁,所以,听她如此粗鲁地议论它,我实在难以忍受。然而,她的声调如此单纯诚恳,我要是生气,未免显得愚蠢。尽管如此,我最初仍有几分不以为然:

"您在春天不是对我说过,订婚还嫌过早吗?"

"是的,我知道。最初总是这么说的。"

她两手抓住我的一只手,感人地、紧紧地握住。"而且,你要念书,要服兵役,得过几年才能结婚,这个我知道。再说,就我个人来说,我不大赞成订婚时间太长,姑娘们会厌烦的……不过有时候很感人……再说,没有必要公开化……只要让人家明白,啊!私下里明白:不要再给姑娘找婆家了。那样一来你们就有权通信,保持联系,而且,最后,要是有什么人主动求婚——这是完全可能的,"她带着一种很在行的微笑说,"那么我们就可以婉转地回答说……不,用不着了。有人向朱莉埃特求婚了,你知道吗?今年冬天她很引人注意。她年龄还小了一点,她也是这样回答的,不过那位年轻人提出要等她——确切地说,他也不算年轻了……总之,这是门好亲事。他是个实在人,你明天可以看见他。他要来看我的圣诞树。你告诉我你对他的印象如何。"

"姨母,恐怕他在白费心思吧,朱莉埃特也许另有意中人了。"我说，一面竭力克制自己，不说出阿贝尔的名字。

"嗯？"姨母探询地问。她不相信似的噘起嘴，斜着头，"你这话真使我大吃一惊，那她为什么没告诉我呢？"

我咬嘴唇，不愿再多讲。

"唔！我们瞧吧……朱莉埃特最近身体不舒服。"她又说，"再说，现在要谈的不是她……啊！阿莉莎也挺可爱的……话说回来，你向她表白了吗？表白了还是没表白？"

我对这个词极端反感，觉得它既欠妥又粗鲁，但问题既然正面提出，我没法撒谎，便含糊地说：

"表白了。"我脸上发烧。

"那她说什么？"

我低下头。我真不想回答，但似乎无可奈何。我更加含糊地说：

"她不肯订婚。"

"嘿，她做得对，这个小姑娘！"姨母说，"你们有的是时间，当然啦！"

"啊！姨母，别谈这个了。"我想阻止她，但无济于事。

"再说，她这样做我一点也不奇怪。你这个表姐，我一直觉得她比你懂事……"

我不知道自己当时是怎么回事。这种盘问大概使我神经紧张，突然我觉得心碎了。就像孩子一样，前额贴在善心的姨母的双膝上，抽泣起来。

"姨母，不，您不明白，"我喊着说，"她没有要我等

53

她……"

"怎么！她拒绝你了？"她用手抬起我的头，以一种十分温柔怜悯的语气说。

"也不是……不，不完全是。"

我忧愁地摇摇头。

"你害怕她不再爱你了？"

"啊！不，我害怕的不是这个。"

"可怜的孩子，你想让我明白，就说清楚呀。"

我竟然克制不住自己的软弱，我感到既羞愧又懊丧。姨母当然不明白我为什么含糊其辞。可是，如果阿莉莎的拒绝隐藏着某个确切的动机的话，那么，姨母也许可以通过细细地询问，帮助我弄明白。她马上自告奋勇地说：

"听我说，阿莉莎明天早上来帮我布置圣诞树，我要问问她是怎么一回事。吃午饭的时候，我告诉你。我敢担保，你会明白没有什么值得你担心害怕的。"

我到比科兰家吃晚饭。朱莉埃特的确病了好几天，我觉得她变了样。她的眼神有一种稍稍粗暴、近乎严酷的神情，这使她和姐姐更不相像。那天晚上我和她俩都没有单独谈过话，再说，我也不想谈。舅父显得很疲劳，所以饭后不久我就告辞了。

普朗蒂埃姨母准备的圣诞树每年都招来一大群孩子和亲友。圣诞树摆在作为楼梯间的过厅里。和过厅相连的有一间候见室，一个客厅，以及玻璃门后面的冬季花园，在那里摆上了酒菜餐具。圣诞树还没有装饰好。我到的第二天，也就是圣诞节早上，正如姨母所说的，阿莉莎很早就来了，帮着往树枝上挂装饰品、灯火、水果、糖果，还有玩具。我十分乐意和她一起干，可是我得让姨母和她谈谈，所以没有和她见面就出门了，整个上午我试图排遣心中的焦虑。

我首先去比科兰家，我想见见朱莉埃特。人家告诉我说阿贝尔比我先来找她，于是我立刻走了，唯恐打断一场决定性的谈话。我在码头上和街上一直溜达到吃午饭的时候。

"大傻瓜！"我回去时，姨母对我喊道，"你能够这样糟蹋自己的生命吗？今天早上你胡扯的那些话，没有一句站得住……啊！我可是开门见山，我把帮忙的阿斯比尔通小姐支开，只剩下阿莉莎和我时，我就直截了当地问她今年夏天为什么没有订婚。你想她会发窘吧？不，她毫不拘束、平心静气地跟我说，她不愿意比妹妹先结婚。你当初要是直率地问她，她就会告诉你。这有什么想不通的，嗯？你瞧，孩子，什么都比不上坦率……可怜的阿莉莎，她还谈到她父亲，她不能离开他……啊！我们谈了很久。这孩子懂事，她还说，她怀疑自己对你是不是合适，恐怕年龄大了，她希望你有一个像朱莉埃特那个年岁的……"

姨母还往下说，可是我已无心听了。只有一件事关系重大：阿莉莎拒绝比妹妹先结婚。不过，不是有现成的阿贝尔吗？他讲对了！这个自命不凡的人。正如他所说，他将一箭双雕,同时让两个婚礼举行……

我尽量向姨母掩饰这个如此简单的启示使我多么激动,我只流露出欢乐,她认为这是人之常情,而且她也很高兴,因为可以说这归功于她。一吃过午饭,我就找了一个现在记不清的什么借口,离开她,跑去找阿贝尔。

"嗯!不出所料!"我刚刚把那件高兴的事告诉他,他就吻得我叫了起来,"亲爱的,我现在就可以告诉你,今早我和朱莉埃特的谈话可说是决定性的,尽管我们几乎一直谈的是你。不过她显得疲倦,神经紧张……我害怕走得太远会使她过于激动,也害怕待得太久会使她过于兴奋。有你这番话,这就成了!亲爱的,我这就抓起帽子和手杖!你送我到比科兰家门口,你拽住我,免得我在路上飞了。我觉得自己比欧福里翁[1]还轻。等朱莉埃特知道她姐姐全是由于她才不肯答应你,等我马上求婚……啊!我的朋友,我已经看见我父亲今晚站在圣诞树前了。他一面幸福地流泪,一面赞美上帝,他那只充满祝福的手伸到两对跪拜着的未婚夫妻头上。阿斯比尔通小姐将感慨一声化作青烟而去,普朗蒂埃姨母将在她那件上衣里融化成一摊水,而灯光灿烂的圣诞树将歌颂上帝的荣耀,并且像《圣经》中的群山一样拍着手。"

要等到将近黄昏的时候才能点圣诞树,孩子和亲友们才

---

[1] Euphorion,希腊神话中阿喀琉斯之子,长有双翅。

团聚在圣诞树旁。我离开阿贝尔以后，无所事事，焦虑而急躁。为了消磨这等待的时间，我跑得远远的，一直跑到圣阿德雷斯悬崖。我在那里迷了路，所以，当我回到普朗蒂埃姨母家时，节日庆祝已经开始一会儿了。

在门厅里，我看见了阿莉莎。她仿佛在等我，立刻朝我走来。她脖子上，在那件浅色上衣的开胸处，挂着一枚紫晶做的、旧的小十字架，这是我赠给她的我母亲的纪念品，但我还未见她戴过。她面色疲惫，痛苦的表情使我心中难受。

"你为什么来得这么晚？"她用一种压抑而急躁的声音说，"我原来想和你谈谈。"

"我在悬崖上迷了路……可你不舒服吧……啊！阿莉莎，怎么回事？"

她在我面前有半晌说不出话来，嘴唇发抖。一种巨大的焦虑攫住了我，以致我不敢询问她。她把手放到我脖子上，仿佛想把我的脸拉过去。我猜她要讲点什么，可正在这时，进来了几位客人，她气馁了，手垂落下来……

"来不及了。"她喃喃地说。她看到我两眼噙满泪水，便用可笑的解释来回答我探询的目光，仿佛这番解释足以使我镇静下来：

"不……你放心，我只是头疼。孩子们吵得厉害……我只好到这里来避一避……现在我该回到他们那里去了。"

她突然离我而去。有人进来将她与我隔开。我想到客厅里去找她。我看见她在客厅另一头，被一群孩子围着，带他们做游戏。在她和我中间隔着好些我认识的人，从他们身边过去多半会被叫住，而我却无心寒暄和谈话。也许，沿着墙根儿溜过去……我试试。

我经过花园的大玻璃门时，感到有人抓住我的手臂。朱莉埃特在那里，她半藏在门洞里，用门帘遮着。

"到花园里去。"她急促地说，"我得和你谈一谈。你从那边走，我马上去找你。"接着，她将门微微打开，到花园里去了。

出了什么事？我很想见见阿贝尔。他说了什么？做了什么？……我又回到过厅，然后去到暖房，朱莉埃特在等我。

她满脸通红，双眉紧皱，目光流露出冷酷和痛苦。她的眼睛晶莹闪亮，仿佛她在发烧。连她的声音也显得生硬烦躁。一种狂热激动着她。尽管我忐忑不安，但她的美貌使我吃惊，甚至几乎让我腼腆。只有我们两人。

"阿莉莎和你说了？"她马上问我。

"没说上两句话，我回来晚了。"

"她要我在她以前结婚，你知道吗？"

"知道。"

她直直地盯着我。

"那你知道她要我嫁给谁呢？"

我没有回答。

"嫁给你。"她叫了起来。

"这简直是发疯！"

"是吧!"她的声音里既有绝望,又有胜利。她挺直身体,或者说身体往后一闪……

"现在我知道我该怎么办了。"她拉开花园的门含糊地说,随后砰然将门关上。

一切都在我的脑里心里摇晃起来。我感到血液在敲击着太阳穴。在慌乱中我只有一个想法:去找阿贝尔。他也许能给我解释为什么这姊妹俩的语言如此奇怪……但我不敢再回到客厅,那里的人大概都会看出我心烦意乱。我走出门。花园里冰凉的空气使我平静下来。我在那里待了一会儿。黄昏来临,城市淹没在海雾中。树木上光秃秃的,大地和天空都显得无比荒凉。我听见歌声,肯定是孩子们正围着圣诞树合唱。我从门厅里过去。客厅和候见室的门都敞开着。客厅里现在寂静无人。我看见姨母半藏在钢琴后面和朱莉埃特说话。在候见室,客人们都围在披着节日盛装的圣诞树周围。伏蒂埃牧师走到圣诞树前开始布道了。他从来不放过任何一个机会来——用他的话说——"撒播良种"。灯光和热气使我感到不舒服,我想走出去,这时我看见阿贝尔靠门站着。他大概在那里待了一会儿了。他仇恨地瞧着我。当我们的视线相遇时,他耸耸肩。我朝他走过去。

"傻瓜!"他低声说,接着又突然来一句,"啊!喂!出去吧!我对说教早听腻了!"我们一走到室外,他又说,"傻瓜!"我焦急不安地默默望着他,"她爱的是你,傻瓜!你就不能早点告诉我！"

我吓呆了，不能相信自己的耳朵。

"你不明白，是吧！你自己就连这个也没发觉？"

他抓住我的手臂，狂怒地摇撼我。我咬紧牙关，语音颤抖，发出咝咝的声音。

"阿贝尔，我求求你。"我沉默片刻以后对他说，声音也在颤抖。他拖着我漫无目的地大步走着。我说："你别生这么大的气，告诉我发生了什么事。我什么也不知道。"

我们来到一盏路灯下，他突然让我站住，在灯光下凝视我，接着又迅速把我拉到他身旁。他把头搭到我肩上，呜咽地低声说：

"原谅我！我也真蠢！和你一样，我也没有看出来，可怜的兄弟。"

眼泪仿佛稍稍使他平静下来。他抬起头又往前走，一面说道：

"发生了什么事？……现在重提起来有什么意思呢？我跟你说过，我早上和朱莉埃特谈过话。她显得既美丽又活泼，我以为这是因为我，其实仅仅是因为我们谈起你。"

"那时你没有觉察……"

"没有，没有明确地觉察到，不过，现在想起来，最细微的迹象也都很清楚了……"

"你肯定没有弄错？"

"弄错！亲爱的！瞎子才看不出来她在爱你。"

"那么阿莉莎——"

"阿莉莎牺牲自己。她发现了妹妹的秘密，想把位置让给她。你瞧，老兄，这并不是难以理解的吧……我刚才找朱莉埃特谈，我刚说了几句话，或者说，她刚一明白我的来意，就从我们坐着的长沙发上站了起来，一连说了好几遍：'早料到了！'可是听她的声调，她根本没有料到……"

"啊！别开玩笑了！"

"为什么？我觉得这事很滑稽……她跑进她姐姐的房间。我听见哇啦哇啦的激动的话声，我惶恐不安，盼望再见见朱莉埃特，可是过了一会儿，阿莉莎出来了。她头上戴着帽子，看见我时显得不自然，匆匆和我打了个招呼便走出去了……就这么回事。"

"你没有再见到朱莉埃特？"

阿贝尔迟疑了一下：

"见到了。阿莉莎走后，我推开房间的门。朱莉埃特呆呆地站在壁炉前，她的手肘撑在壁炉搁板上，两手托着下巴，正一动不动地看着镜中的自己。她听见我的声音，并没有转过身来，只是跺着脚喊道：'啊！让我一个人待着！'她声色俱厉，所以我掉头就走了。就这么回事。"

"那现在呢？"

"啊！跟你谈一谈，我感到舒服多了……现在，你得想法医治朱莉埃特的爱情创伤，因为，在她痊愈以前，阿莉莎是不会属于你的,要不就算我对她太不了解了。"

我们默默地走了很久。

"回去吧!"他最后说,"客人们现在都走了。我父亲恐怕在等着我哩。"

我们回去了。客厅里空空的。在候见室里,光秃秃几乎熄灭的圣诞树旁只剩下姨母和她的两个孩子、比科兰舅父、阿斯比尔通小姐、我的表姐妹,以及一个相当可笑的人物,我曾经看见他和姨母长谈,但我此刻才认出他就是朱莉埃特对我提过的求婚者。他比我们所有的人都高大、强壮,脸色红润,几乎是秃顶。他是另一个等级、另一个阶层、另一个种族的人,在我们中间他似乎感到格格不入。他神经质地扯弄一绺灰白色的下唇须。过厅的门是开着的,但灯已经熄灭了。我们俩静悄悄地进来,没有被人觉察。一种可怕的预感揪住我的心。

"站住!"阿贝尔抓住我的手臂说。

这时我们看见那位陌生人走近朱莉埃特,拉起了她的手,而她毫无反抗地顺从他,但没有对他转过脸来。我的心沉入了黑夜。

"阿贝尔,发生什么事了?"我嗫嚅着说。我好像不明白,要不就是我希望自己误解了。

"是呀,小姑娘这一着更高。"他用从牙缝中挤出的声音说,"她不愿意落后于姐姐。天使肯定在天上鼓掌哩。"

舅父过去吻抱朱莉埃特。阿斯比尔通小姐和姨母围着她。伏蒂埃牧师也走过去……我向前走了一步。阿莉莎看见我,便跑了过来,身子轻轻地颤抖。

"热罗姆,这可不行呀,她不爱他!今早她还对我说过。想办法阻止她,热罗姆!啊,她会成为什么样子?……"

她俯在我肩头上绝望地恳求。我真愿意献出生命,只要能减轻她的焦虑。

圣诞树旁突然一声惊叫,一阵骚动……我们跑了过去。朱莉埃特晕倒在姨母怀中。大家赶紧围过去,低头瞧着她。因此我几乎看不见她了。她那散开的头发仿佛将苍白得可怕的面孔往后扯。她的身体在抽搐,看来这不是一般的昏厥。

"啊,不!啊,不!"姨母大声说,好宽慰惊慌失措的比科兰舅父,伏蒂埃牧师正在安慰他,一面用食指指着天,"啊,不!还不要紧!是太激动了,只是神经质的发作。泰西埃尔先生帮帮忙吧,你力气大。把她抬到我的房间里……放在我床上……我床上……"接着,她附在她的长子耳边说了句什么,只见他立即走了出去,肯定是叫医生去了。

姨母和求婚者抱着朱莉埃特。她半倒在他们怀中。阿莉莎抬起妹妹的脚,温情地亲吻它。阿贝尔扶着那个向后仰翻的头,我看到他弯着腰,不住地亲吻他抱在手中的那头无知觉的秀发。

我在房门口停住了。朱莉埃特被放在床上。阿莉莎对泰西埃尔先生和阿贝尔说了几句话,我没听清。她把他们送到房门口，请求我们让妹妹休息，她要独自和普朗蒂埃姨母一起照料她……

阿贝尔抓住我的手臂，把我拉到外面。我们心灰意懒，脑子发木，在黑夜里漫无目的地走了很久很久。

五

　　我的生命除了爱情以外别无所求,我拼命抓住爱情。除了来自女友的音信以外,我什么也不期待,什么也不再愿意期待。

　　第二天,我准备去看她时,姨母把我叫住,递给我她刚刚收到的这封信:

　　……朱莉埃特服用医生开的药水以后,今天清晨,烦躁不安的状态才开始缓和。我恳求热罗姆这几天不要来。朱莉埃特可能会听出他走路或说话的声音,而她需要绝对的安静……

　　朱莉埃特的病情恐怕使我难以分身。如果在热罗姆动身以前,我不能在家里接待他的话,请转告他,亲爱的姑妈,我会给他写信的……

　　禁令只是针对我的,姨母可以,任何别人也可以去按比科兰家的门铃,而姨母打算当天上午就去。我能弄出什么响声来呢?不高明的借口……没关系!

"好吧,我不去。"

不能立刻去看阿莉莎,这对我是极大的牺牲,然而我又害怕看见她。我怕她将妹妹的病归咎于我。对我来说,与其看到她生气,还不如不见面。

可是我至少要见见阿贝尔。

在他家门口,一位女仆递给我一张纸条:

> 我给你留下这几个字,让你别为我担心。待在勒阿弗尔,离朱莉埃特这么近,这是我无法忍受的。昨晚和你分手以后,我便立即乘船去南安普敦。我将去伦敦 S 君处度完假期。我们将在学校再见。

……人间的一切援助顿时都失去了。我也没有再住下去,这带给我的只是痛苦。不等开学我便回到了巴黎。我的眼光转向上帝,转向"各种真正的安慰、美和善的各种恩赐的泉源"。我将痛苦也赠献给他,我相信阿莉莎也从他那里求得庇护。一想到她在祈祷,我在祈祷中就受到鼓舞和激励。

漫长的时间过去了,这是一段沉思和学习的时间,除了阿莉莎的来信和我的去信以外,没有发生任何大事,我得留着她的全部来信。对此后的事我记忆模糊,靠她的信才找到头绪……

通过姨母——最初只是通过她——我得到勒阿弗尔的消息。她告诉我在最初几天里,朱莉埃特的病情令她们多么不安。我走后第十二天,终于盼来了阿莉莎这封短信。

　　原谅我,我亲爱的热罗姆,我没有早给你写信。我们可怜的朱莉埃特的病情使我抽不出时间来。你走以后,我几乎日夜守着她。我曾经请姑妈将我们的情况告诉你,想必她也这样做了。因此,你知道,三天以来朱莉埃特的身体好多了。我感谢上帝,但我还不敢太高兴。

　　一直到现在,我很少向你们提到罗贝尔。他比我晚几天回到巴黎,也给我带来了他姐姐们的消息。我之所以照顾他主要是由于她们,而不是出于我性格上的自然爱好。每当他那所农业学校放假,我就照料他,想方设法让他散散心。
　　从他那里我了解到我既不敢向阿莉莎也不敢向姨母打听的情况。爱德华·泰西埃尔十分殷勤地去探望朱莉埃特,可是,在罗贝尔离开勒阿弗尔以前,她没有再和爱德华·泰西埃尔见面。我还了解到,自我走后,朱莉埃特在姐姐面前一直沉默不语,什么东西也未能打破她这种沉默。
　　不久以后,姨母告诉我说朱莉埃特本人要求尽早正式宣布订婚,而据我猜测,阿莉莎希望立即解除婚约。劝告、命令、恳求等等都未能动摇朱莉埃特的决心,这种决心使她皱着眉头,闭着眼,沉默不语……
　　时间过去了。从阿莉莎那里,我只收到令我很失望的短信,我也不知道该对她写什么好。冬天的浓雾包围了我。唉,我挑灯夜读，我保持热烈的爱情和信仰，但这一切都驱散不了我心中的黑夜和寒冷。时间过去了。

后来，在一个春天的早上，姨母突然给我转来了阿莉莎给她的信——当时姨母不在勒阿弗尔。我将其中能说明问题的片段抄在下面：

……赞扬我的驯服吧。听从你的劝告，我接见了泰西埃尔先生，和他谈了很长时间。我承认他表现得很好。真的，我几乎认为，这门亲事也许不像我原来担心的那样不幸。当然，朱莉埃特不爱他，可是，一个星期一个星期地过去了，我觉得他越来越值得爱，他对目前的处境很清醒，对妹妹的性格也很清楚，但他对自己的爱情的效力信心百倍。他自信他的恒心能克服一切，这就是说他爱得很深。

确实，热罗姆如此照顾我弟弟，使我十分感动，我想他这样做只是出于义务——可能也是为了使我高兴——因为罗贝尔和他的性格很不相同。他肯定已经感觉到这一点：承担的义务越是艰巨，它就越能开导和提高心灵。这是些不同凡俗的感慨！可别笑你的大侄女，因为正是这些想法支持我，帮助我尽量把朱莉埃特的婚姻看作是件好事。

亲爱的姑妈，你对我的热情关心使我感到十分温暖。不过，你不要以为我不幸福，可以说，恰恰相反，因为朱莉埃特刚刚承受的考验在我身上也产生了反响。《圣经》上的这句话,我曾念过多次,但一知半解,现在可恍然大悟了:"信赖人的人是不幸的。"这句话,我在《圣经》里读到以前,早就在热罗姆送我的一张圣诞节画片上见到过。那时他还不到十二岁,而我刚满十四岁。在那张小画片上,有一束当时我觉得很好看的鲜花,旁边有高乃依①的几句诗:

是何魔力战胜俗世,
今日导我升向天主?
凡寄希望于世人者,
必得祸!

我承认我更喜欢耶利米②的简单的诗句,热罗姆挑选画片时多半没有注意诗句。但是从他的来信看,他今天的气质和我的气质十分相似。因此,我每天都感谢上帝使我们俩与他更接近。

我还记得我们那次谈话。我现在给他的信没有以前那样长,免得打扰他的学业。你一定会发觉我常常谈起他,这是在寻找补偿。我怕继续写下去,在此赶紧停笔。这一次,你别责怪我。

---

① Pierre Corneille(1606—1684),法国剧作家。
② Jeremiah,以色列四大先知之一,《旧约》中有他的预言及哀歌。

这封信使我百感交集！我责怪姨母多管闲事（阿莉莎提到有一次谈话使她沉默，这又是怎么回事呢？），我责怪她瞎献殷勤，把信转给我看干什么呢？如果说，阿莉莎的沉默已经使我难受的话，啊，那就千万别让我知道，她不再对我讲的话却讲给别人听！整封信都使我气愤，她把我们中间微不足道的秘密都那么轻易地告诉姨母，声调那么自然，那么安详、认真、活泼……

"哦，不，可怜的朋友！你生气，是因为这封信不是写给你的。"阿贝尔对我说。他是我每日的同伴，我只可以对他讲心里话。我孤独时软弱，我哀怨自己需要别人同情，我怀疑自己，这就使我一再去找他。而我处于困境时，则对他言听计从，尽管我们性格不同，或者正是因为我们性格不同……

"我们研究一下这封信吧。"他把信摊在桌上说。

我在气恼中度过了三个夜晚和四个白天！终于，我自然而然地征求朋友的意见：

"朱莉埃特—泰西埃尔这一对，由他们去经受爱情之火的烧炼吧，对吗？我们知道爱情之火值几文钱。当然啦，看来泰西埃尔正是扑火自焚的那种飞蛾……"

"别谈这个了。"我对他的玩笑感到不快，"谈谈信里别的话吧。"

"别的话？"他说，"别的话都是说给你听的。你抱怨什么！字里行间都充满了对你的情意。可以说，这封信整个是写给你的。费莉西姨母把信转给你，其实只是物归原主罢了。

阿莉莎不能给你写信,所以才写信给这位好心的女人,这是万不得已。你姨母听什么高乃依的诗句呢——补充一句,这诗是拉辛[①]写的——告诉你,她这是和你谈心,她这一切是说给你听的。再过十五天,你要是没办法让你表姐给你写这样一封轻松自如的、令人愉快的长信,那你就是一个大笨蛋!"

"她是不会这样做的!"

"那得瞧你的了!你要听我的忠告吗?从现在起,在长时间里,你绝口不要提起你们的爱情或婚姻。自从发生她妹妹的那件意外以来,她埋怨的正是这个,你还看不出来吗?你得打动她那根手足之情的神经,不厌其烦地和她谈罗贝尔,既然你有耐心照料这个傻瓜。只要你继续使她在思想上得到愉快,其他一切便水到渠成。啊!要是换了我给她写信的话!……"

"你不配爱她。"

不过,我仍然听从了阿贝尔的忠告。果然,阿莉莎的来信很快便重新变得活泼。但是我不能期望从她那里得到真正的欢乐,或是毫无保留的知心话,除非朱莉埃特的处境——如果不说是幸福——得到了保证。

但阿莉莎说她妹妹的病情大有起色,婚礼将在七月份举行。阿莉莎在信中说,她估计阿贝尔和我在那一天要学习,

---

① Jean Racine(1639—1699),法国剧作家。

无法脱身……我明白她认为我们最好别去参加婚礼,因此,我们借口要考试,仅仅去信祝贺。

婚礼后大约半个月,阿莉莎给我来了一封信:

我亲爱的热罗姆:

昨天我偶然翻开你送我的那本漂亮的书《拉辛》,我大吃一惊,因为我在里面发现了你从前那张圣诞节画片上的四句诗,那张画片我夹在《圣经》里快十年了。

是何魔力战胜俗世,
今日导我升向天主?
凡寄希望于世人者,
必得祸!

我原先以为这是高乃依的作品,当时,说实在的,我觉得它并不美。但是,我继续阅读《雅歌》第四章时,碰到一些非常美的段落,我情不自禁地要给你抄下来。你肯定已经读过,因为你在书页边上冒失地写着缩写名(确实,我已经养成了习惯,常常在我们两人的书上,在我喜欢的章节旁,写上她的名字的第一个字母,以提醒她注意)。不过这没关系。抄写对我也是乐事。最初我有点不高兴,因为你献给我的正是我所认为的自己的新发现,不过这种不好的感情后来就被喜悦取代了。我高兴，因为我想不到你我都同样爱这些段落。我抄它们的时候，仿佛正和你一同阅读：

不朽的智慧的声音如雷贯耳，教导我们说："世上的孩童们，你们的忧虑结下了什么果实？虚妄的灵魂呀，你们错了，你们付出血管里最纯洁的血，为何不买充饥的饼，而买使你们更为饥饿的幻影呢？

"我这里的饼是天使的食粮。天主亲自选用上等小麦制成。你们沉沦在俗世间，哪里去寻如此甘美的饼呢？我将它献给愿意追随我的人：近前来吧。你愿意得到永生么？拿去，吃下，获得永生吧。"

…………

被你虏获的灵魂有福了，它得到安宁，并饮用永不枯竭的活水。这活水欢迎所有的人，人人都可饮用。但我们却疯狂地追求污浊的泉水或骗人的水池，要知道那里是滴水不存的。

多美呀！热罗姆。多美呀！你的确和我一样觉得它很美吧！我那个版本上还有一条小注解，说德·曼特侬[①]夫人听见德·奥马尔小姐唱这首诗时赞叹不已，"洒

[①] Madame de Maintenon（1635—1719），法国十七世纪名媛，曾得宠于法国国王路易十四，后与路易十四秘密结婚。她笃信宗教，身后留有《书信集》。

了几滴眼泪",并请她又唱了几句。我现在能背出来,并且喜欢经常背,从不厌烦。我唯一的忧愁是从来没有听见你朗读过。

从我们的旅行者那里,继续传来佳音。朱莉埃特十分喜欢巴约讷和比亚里茨,尽管那里天气炎热。后来他们又去丰塔拉比,在布尔戈斯停了停,两次越过比利牛斯山……她从蒙塞拉特山给我寄来一封热情洋溢的信。他们打算在巴塞罗那再住十天,然后回到尼姆,因为爱德华要在九月以前回去,好做收获葡萄的一切准备。

父亲和我来富格兹马尔已经有一个星期了。阿斯比尔通小姐明天要来这里,罗贝尔再过四天来。你知道,这个可怜的孩子考试没有通过,不是因为题目太难,而是因为主考人提了一些稀奇古怪的问题,使他不知所措。你说过罗贝尔很用功,我不相信他没有准备好,只是这位主考官大概喜欢刁难学生。

至于你的好成绩,亲爱的朋友,我几乎不能祝贺你,因为对我来说,这是意料中的事。我对你充满了信心,热罗姆!一想到你,我心中就充满希望。你现在能够着手以前提过的那项工作吗?……

在这儿的花园里,一切如故,只是房子显得空荡荡的!我为什么不要你今年来,你会明白的,是吧。我觉得这样更好,我每天都对自己这样说,因为,这么久看不见你,这对我是难以忍受的……有时,我不自觉地寻找你,我停止阅读,突然回头……你仿佛就在这里!

我继续写信。这是夜里,人们都在睡觉。我坐在敞开的窗前,写个没完。花园里芳香扑鼻。空气是暖和的。你还记得我们的童年吗?那时我们一看见美丽的东西,或者听人说起它,心里就想:上帝呀,感谢你创造了它……今晚,我的整个心灵也在想:上帝呀,感谢你创造了这个如此美丽的夜晚!突然,我盼望你在这里,我感到你在这里,在我身边。我的愿望如此强烈,你多半也会有所感觉吧。

是的,你在信里说得好,在"禀性良好的心灵"中,赞美转化为感激……我有多少话想对你讲呀!我想到朱莉埃特谈到的那个阳光明媚的国家,我想到另外一些更辽阔、更明媚、更僻静的国家。我身上有一种奇怪的信念,有一天,我也不知道以什么方式,我们将一同去一个神秘的大国……

你们不难想象,我读这封信时怀着何等欢乐的激情,又是如何因爱情而抽泣。接着又来了几封信。诚然,阿莉莎感谢我没有去富格兹马尔,诚然,她曾恳求我今年别去看她,但她又惋惜我不在她身边。她现在希望看见我,每张信纸上都响着同一召唤,我哪来的力量抵制这召唤呢!大概是由于阿贝尔的劝告,由于我害怕突然破坏了我的欢乐,由于我本能地克制了感情冲动。

我把后来的几封信里能说明我这篇故事的部分抄录如下：

亲爱的热罗姆：

我接到你的信，欢喜异常。我正要回答你从奥尔维耶托的来信时，同时收到你从佩鲁贾和阿西西的来信。我的思想在旅行，只有我的身体仿佛仍旧在这里。确实，我和你一道走在翁布里亚的白色大路上，我和你一道在清晨出发，用崭新的目光注视黎明……你在科尔托纳的平台上确实呼唤过我吗？我听见了你的声音……在阿西西北面的山上我们多么渴呀！而方济各会修士给我的那杯清水又是多么可口！啊！我的朋友！我用你的眼睛来观看万物。我多么喜欢你关于圣方济各①所讲的那些话呀！是的，应该寻求的绝不是思想的解放，而是颂扬。思想的解放肯定带来可憎的骄傲。我们的雄心不是用来反叛，而是用来侍奉……

尼姆那边情况良好，上帝仿佛允许我尽情欢喜。今年夏天的唯一阴影，是我父亲的心情不佳。尽管我细心照料，他总是愁眉不展，或者说，我一离开他，他就忧郁起来，大自然在我们周围发出欢欣喜悦的声音，但他却无动于衷。他甚至不再想谛听。阿斯比尔通小姐身体

---

① San Francesco d'Assisi（1182—1226），生于意大利阿西西的方济各会创始人。

很好。我把你的信念给他们两人听了。你的每一封信都足够我们谈论三天,然后又收到下一封信……

罗贝尔前天离开了我们。他去朋友R君处度余下的假期……R君的父亲经营一家现代化农场。当然,罗贝尔觉得我们这里的生活不那么快活。他提出要走,我当然支持他的计划……

……我有那么多话要对你讲!我渴望能够无止境地和你谈下去!有时我再找不到恰当的字眼,没有清晰的思路——今晚我写信仿佛是在做梦——我只有一种几乎沉重的感觉:我将给予和获得无尽的财宝。

在如此漫长的日子里,我们曾经是如何保持沉默的?我们大概冬眠了吧。啊!这个可怕的沉默的冬天,但愿它一去不复返!自从我重新找到了你,生命,思想,我们的心灵,一切在我眼中都显得很美,很可爱,无比丰富。

九月十二日

我收到你从比萨的来信。我们这里天气也好极了。诺曼底从未如此美丽过。前天我独自一人出去走了一大圈。我漫无目地穿越田野,回家时不觉得累,只感到兴奋。我陶醉在阳光和喜悦之中。烈日下的草垛多么美丽!我不需要假想自己在意大利,我感到一切都很美妙。

是的,我的朋友,正如你说的,在大自然的"含混的颂歌"中,我谛听和理解的正是对欢乐的激励。在每声鸟啼中我都听见它,在每朵花的芳香中我都闻见它。我现在明白只有赞美才是唯一的祈祷形式——我和圣方济各同声说:我的上帝!我的上帝!我独一无二的上帝!我心中充满一种难以用言语表达的爱。

你别害怕我会变成无知会修女。最近我读了不少书,在下雨天,我的赞美仿佛也挪到书里去了……我读完马勒伯朗士①,立刻又读了莱布尼茨②的《致克拉克的信》,为了换换脑筋,我读了雪莱的《钦契》,觉得没有意思,又读了《含羞草》……我也许会使你生气,我觉得去年夏天我们一起阅读的济慈的四首颂歌,比雪莱和拜伦的所有诗篇都强。同样地,我认为,雨果的全部作品比不上波德莱尔的几首十四行诗。所谓"大"诗人是说明不了任何问题的,重要的是要成为"纯"诗人……啊,我的兄弟,谢谢你帮我认识、理解和热爱这一切。

……不,切莫为了几天相聚的快乐而缩短你的旅行。真的,我们现在最好不见面。相信我:当你在我身边的时候,我就不能更多地思念你。我不愿意使你难过,可是,现在我不希望你来。要我说心里话吗?我要是知道你今晚来……我会逃掉的。

---

① Nicolas Malebranche(1638—1715),法国哲学家。
② Gottfried Leibniz(1646—1716),德国哲学家、数学家。

啊，请求你，别要求我向你解释这种……感情，我知道我一刻不停地思念你（这足以使你幸福）。而我这样也感到很幸福。

……………

收到最后这封信不久，我从意大利回来，应召服兵役，并被派往南锡。那地方我谁也不认识，举目无亲，但我很高兴，因为这样一来，阿莉莎和我这个自豪的情人更加明确意识到：她的来信是我唯一的庇护所，而对她的思念，用龙沙①的话来说，是"我唯一的隐德来希②"。

的确，我轻而易举地忍受了相当严厉的纪律。我能顶住一切。在写给阿莉莎的信中，我抱怨的只是她不在我身边。但我们甚至认为这长期的分离是对我们的勇气的考验。"你从不抱怨，"阿莉莎写道，"我没法想象你会软弱……"为了证明她的话，我又有什么忍受不了呢。

自上次见面以来，几乎一年过去了。她仿佛没想到这一点，她的等待只是从现在开始。我责怪她。

她回答说：

---

① Pierre de Ronsard（1524—1585），法国诗人。
② entelecheia，亚里士多德用语，意指"最完满的实现"，它是一切事物追求的终极目的，是将潜能变为现实的原始动力。

难道我不是和你一同去意大利了吗？忘恩负义的人啊，我一天也没有离开过你。你要明白，从现在起，在一段时间内，我不能再陪伴你了，而正是这个，仅仅是这个，我称之为分离。当然，我尽量想象你穿军服是什么模样……但想不出。我最多只想象出你晚上待在甘必大街那间小房子里读书或写字……而且，我甚至想象得出一年以后你在勒阿弗尔，或富格兹马尔是什么模样。

一年！我不计算那已经过去的日子。我的希望盯着将来的那一时刻，它正缓慢地、缓慢地接近。你还记得花园深处的那堵矮墙吗？我们曾在墙脚下避风处栽种菊花，我们还曾冒险地爬上墙头。朱莉埃特和你在墙头上大胆走着，仿佛是径直上天堂去的伊斯兰教徒，而我呢，我刚走了两步就头晕目眩。你站在墙下对我喊道："别看你的脚！往前看！一直朝前走！盯着目标！"最后，你爬上墙的另一头等着我，而这比你的话还有效。于是我不再战栗了，不再感到头晕了，我只是看着你，我一直跑过去扑到你张开的双臂里……

热罗姆，我要是失去对你的信任，会成为什么呢？我需要感到你坚强，需要依靠你。别软弱。

出于一种挑战情绪：故意要延长我们的期待，也出于害怕，害怕我们的重聚不那么完美，我们说定，我将去巴黎阿斯比尔通小姐那里度过新年以前的几天假期。

我对你们说过：我不打算将她的来信全部抄下来。下面是她二月中旬的来信：

我多么激动呀！前天我经过巴黎街，看见在 M 店的橱窗里赫然醒目地陈列着阿贝尔的书。你说过他要出书，但我总不相信那会是真的。我情不自禁地走了进去。但是书目显得滑稽可笑，我迟疑着不敢向售货员开口。我甚至想随便拿一本书就走出来。幸好在柜台旁边有一小堆《放肆》正在等待买主呢，我抓起一本，不用开口，扔下一百个苏就走了出来。

阿贝尔没有将他的书送给我，真是感激不尽！我翻着它不能不感到羞耻，主要不是因为这本书本身——我发觉里面的蠢话多于下流话——而是因为我想到这是阿贝尔，你的朋友阿贝尔·伏蒂埃写的。我一页一页地看下去，并没有发现《时代》杂志的评论家所说的"伟大的天才"。在勒阿弗尔我们这个小圈子里，阿贝尔是经常被人谈起的，据说这本书极为成功。这种极端繁琐无聊的才智居然被称作是"轻松"和"优美"！自然，我谨慎地不敢妄加评论，只是和你谈谈我的读后感。可怜的伏蒂埃牧师，最初他理所当然地感到沮丧，后来，由于他周围的人赞不绝口，他开始怀疑自己是否应该为此自豪。昨天，在普朗蒂埃姑妈家，夫人突然说："您应该感到高兴，牧师先生，为您儿子的成就高兴！"他有点不知所措地回答说:"我的上帝,我还没到这一步……"

"您会的!您会的!"姑妈说,当然她毫无恶意,不过她的声音充满了鼓励,以至大家都笑了,连她自己也笑了。

《新阿贝那尔》上演以后情况又将如何呢?我听说他正为某个通俗剧院写这个剧本,而报纸上已经谈论开了!……可怜的阿贝尔!难道这真是他所追求的,并将以此为满足的成就吗?

昨天我在《永恒的安慰》①中读到这段话:"凡认真追求真正恒久的荣耀者,必放弃世俗的荣耀。谁若不从内心深处鄙视世俗的荣耀,谁就不爱天堂的荣耀。"于是我想:我的上帝呀!感谢你挑选了热罗姆来接受这天堂的荣耀,与之相比,世俗的荣耀一钱不值。

在单调的事务中,一个星期又一个星期,一个月又一个月过去了。但我的思想不是紧紧抓住回忆,便是紧紧抓住希望,因此我几乎感觉不到时间过得多么慢,一小时一小时又是多么长。

舅父和阿莉莎应该在六月份去尼姆附近探望朱莉埃特,她将在那时分娩,但他们接到一些不太好的消息,便提前动了身。

阿莉莎写道:

---

① *L'Internelle Consolacion*,用古法文写成的宗教经书。

你寄到勒阿弗尔的最后一封信,我们刚走就到了。可是,不知怎么回事,一个星期以后它才转到我手里。在这整整一个星期里,我的灵魂是残缺的、麻木的、混浊的、衰弱的。啊,我的兄弟,只有和你在一起我才真正是我自己,我才能超过我自己……

朱莉埃特身体又好了起来。我们一天天地等着她分娩,并不太担心。她知道我今早给你写信。我们到达埃格维弗的第二天,她曾问我说:"热罗姆怎么样了……他一直给你写信?……"我当然不能对她撒谎。"你给他写信时告诉他……"她犹豫了一下,然后十分温柔地微笑说,"……说我痊愈了。"她以前的来信总是那么快活,我怕是装的,来骗我,也骗她自己……她今天的幸福和她从前的幻想,从前对幸福的要素的幻想是多么不同呀!……啊!人们所称的幸福与心灵休戚相关,而构成幸福的那些外部因素则多么无足轻重!我独自在"加里哥宇群落"① 里散步时的种种感想,在这里就不啰嗦了。在散步中使我最吃惊的是:我并不感到快活。按理讲,朱莉埃特的幸福应该使我十分喜悦……为什么我心中又有一种难以理解的无法摆脱的忧郁呢?我所感到的,至少我所看到的美丽的风光更增添了这种莫名其妙的忧愁……当你从意大利给我来信时,我能够通过你来观看

---

① garrigue,地中海地区的常绿灌木丛。

万物，而现在，凡是我看到而你看不到的东西，都仿佛是从你那里偷来的。在富格兹马尔和勒阿弗尔，我为对付阴雨天而培养了忍耐这个品德，但在这里，这个品德毫无用处，它无处施展，这使我不安。我喜欢这里欢悦的人们和景物，也许我所谓的"忧愁"仅仅是不像他们那样喧闹……以前，我的喜悦中大概夹杂着几分骄傲，因为，我现在置身于这种陌生的轻松环境里，仿佛感到屈辱。

来这里以后我几乎未能祈祷。我有一种幼稚的感觉：上帝不在原来的地方了。再见，我就此停笔。我为这句亵渎神明的话，为我的软弱和忧愁而感到羞愧，我居然承认这一切，居然写在这封信里。如果这封信今晚不发出去，我明天会撕掉的……

接着来的第二封信只谈到侄女的出生，她要做那孩子的教母。她还谈到朱莉埃特如何高兴，舅父如何高兴……但她只字未提她自己的感情。

然后又是从富格兹马尔的来信，朱莉埃特在七月份要去那里……

爱德华和朱莉埃特今晨离开了我们。我特别怀念我那位小教女。等我半年以后再看见她的时候，一定认不出她所有的姿势了，而她原来的姿势几乎都是在我眼前慢慢形成的。成长是何等的出人意料、神秘莫测呀!我们只因为未加留意,所以才没有经常感到吃惊。我在小摇篮旁度过了多少时光,俯身看着充满希望的婴儿。由于何等的自私、自满和缺乏精益求精的要求,人们的发展骤然中止,在离上帝仍然很远的地方就停住了。啊,要是我们能够并且愿意更靠近他一些……那会是多么美好的竞赛呀!

朱莉埃特看来很幸福。最初我感到伤心,因为她放弃了钢琴和阅读。不过,爱德华·泰西埃尔不喜欢音乐,也不爱看书。既然他不能与她分享乐趣,她也就放弃了,这样做无疑是明智的。相反,她对丈夫的事业开始产生兴趣,他所有的交易都让她了解。他的生意今年大有发展。他打趣地说是这门亲事使他在勒阿弗尔赢得大量的主顾。前次他去外地商洽生意,把罗贝尔也带去了。他对罗贝尔关怀备至,说他了解罗贝尔的性格,而且他绝对相信罗贝尔会对这种工作真正发生兴趣的。

父亲身体好多了。他看到女儿幸福,自己也变年轻了。他又关心起农场和花园来。有时还叫我继续高声朗读那本书,那是阿斯比尔通小姐和我们一起开始读的,后来泰西埃尔一家人来就中断了。我给他们念的是德·于布内[①]男爵的游记,我自己的兴致也很浓。我现

---

① Baron de Hübner(1811—1892),奥地利外交家兼作家。

在有更多的时间来读书了,可是我等你给我指点。今早我翻了好几本书,对哪本书也不感兴趣……

从这时起,阿莉莎的信越加不安和迫切。
将近夏末时,她给我写道:

我怕使你担心,不敢告诉你我多么盼望你。和你重聚以前的每一天都沉沉地压着我,使我透不过气来。还有两个月!它似乎比我远离你而度过的全部时间都长!我试图忘掉这种等待,找点事情干,但它们似乎都是转瞬即逝的鸡毛小事,拴不住我的心。书本失去了价值和魅力,散步吸引不了我,整个大自然失去了魔力,花园失去了色彩和芳香。我羡慕你的苦差事,这些不是由你选择的、强制性的操练使你无法沉溺于自我之中,使你身心疲劳。它迅速吞噬了你的白天,而到了晚上,你疲惫不堪地立即进入梦乡。你对操练的那番动人的描写使我久久难忘。最近这几夜,我睡不好觉,好几次听见起床号便突然惊醒。我肯定听见它了。你所说的那种微微的兴奋,早晨的清爽,以及那种似晕非晕的状态,我想象得多么真切……在黎明耀眼的寒光里,马尔泽维尔高原该是多么美丽!……

最近我身体不太好,啊,没有什么大病。大概是因为我等待你过于迫切吧。

六个星期以后：

  这是我最后一封信了，我的朋友。尽管你还没有决定归期，但它不会太远了。我再不能给你写信了。我很愿意在富格兹马尔和你相聚，可是天气不好，很冷，父亲成天说要搬回城里。现在朱莉埃特和罗贝尔不再和我们住在一起，你可以很方便地住在我们这里。当然，最好是你住在费莉西姑妈那里，她会很高兴接待你的。
  我们见面的日子越来越近，我等待得更为焦急。我那么盼望信来，而现在，我仿佛又害怕它来。我尽量避免想它。我想象你按铃、你上楼的情形，我的心脏停止了跳动，它使我难受……你千万别期望我能对你讲什么……我感到，在那一刹那，我的过去将告结束，以后的事，我什么也看不见，我的生命停止了……

然而，四天以后，也就是我服完兵役的前一个星期，我又收到一封十分简短的信：

  我的朋友，我完全赞成你在勒阿弗尔逗留的时间和我们第一次重聚的时间都不要过长。我们要说的话不是都在信里说了吗？如果从二十八号起你就得去巴黎的话，你就去吧，别犹豫，甚至别为我们只有两天时间而惋惜。我们将来不是有整整一生吗？

六

我们是在普朗蒂埃姨母家重见的头一面,我觉得自己服完兵役以后变得笨拙而迟钝……事后我想她一定觉得我变了。然而对我们来说,这个虚假的第一印象又有何轻重呢?从我这方面,我唯恐她不完全是原来的模样,所以最初不敢抬头看她……不,使我们手足无措的,不如说是我们被强迫扮演的未婚夫妻的荒谬角色。人人都赶紧走开,好让我们单独在一起。

"可是,姑妈,你丝毫不妨碍我们呀。我们没有什么秘密话要说。"阿莉莎终于喊了起来,因为姨母很不得体地想躲开。

"哪里!哪里!孩子们,我很了解你们。这么久没见面了,总是有一大堆小事要讲的呀……"

"求求你,姑妈,你要是走开,我们就不高兴了。"阿莉莎用一种近乎生气的语调说,这语调我几乎难以辨认。

"姨母,您要是走开,我们就一句话也不说了。"我笑着说,一想到要和阿莉莎单独在一起,我情不自禁地感到几分恐惧。于是我们三人继续谈下去,谈话平平庸庸,轻快的语调极不自然，我们每人都装出热烈的姿态以掩饰自己的窘迫。我们第二天还要见面的，因为舅父要请我吃午饭。这第一个晚上，我们就轻松地分了手，很高兴这场戏总算结束了。

我在饭前早早就去了，但阿莉莎正和一位女友谈话，她没有勇气撵她走，而客人也不懂事，赖着不走。最后她总算走了，我又假装吃惊，因为阿莉莎没有留她吃饭。我们俩一夜没有合眼，都显得疲乏和急躁。舅父进来了。阿莉莎看出我觉得他老态龙钟。他耳朵有点聋，听不清我的话，我必须大声嚷嚷，他才听得见，这使我的话显得愚蠢。

午饭以后，普朗蒂埃姨母开车来接我们，这是原来说好的，她带我们去奥尔谢，想让阿莉莎和我回来时走一段，那段路风景最美。

对那个季节来说，天气过于炎热。我们走的那一段海岸曝晒在阳光下，失去了魅力。光秃秃的树木丝毫不能为我们遮阴。我们急于赶到坐在车里等我们的姨母身边，便十分别扭地加快脚步。头疼使我脑子发胀，我一句话也想不出来，为了保持面子，或者说，为了不说话，我一面走一面拉起阿莉莎的手，她顺从我。激动、快步走而引起的喘息，沉默造成的局促，这一切使血液涌上了我们的脸。我听见自己的太阳穴在跳动；阿莉莎的脸上出现一种难看的红晕。很快我们感到潮乎乎的手捏在一起很别扭，就松开了，让它们各自忧郁地垂落下来。

我们走得太急了，早早就赶到了十字路口，而姨母为了让我们有时间谈谈，开着车慢慢地从另一条路来。我们在路旁斜坡上坐下来，突然一阵冷风，吹得我们浑身发麻，因为我们被汗湿透了。于是我们站起来去迎汽车……但最糟糕的还是可怜的姨母操心过度，她以为我们一定说了很多话，便想询问订婚的事。阿莉莎忍受不了，眼中噙满泪水，推说头疼，归程就在沉默中结束了。

第二天我醒来时腰酸背疼，得了感冒，身体很不舒服，便决定下午再去比科兰家。不巧，阿莉莎有客。费莉西姨母的孙女，玛德兰·普朗蒂埃正在那里——我知道阿莉莎喜欢和她谈天。她来祖母家住几天，一见我进去就大声说：

"你要是从这里直接回'山坡'的话，我们可以一起走。"

我机械地点点头，这样一来，我就无法和阿莉莎单独谈谈了。不过这个可爱的小姑娘在场大概帮了我们的忙。我再不像头一天那样感到难受的窘迫。我们三人很轻松自然地谈起话来，而且谈得很有意思，完全不是我最初担心的那种情况。我向阿莉莎告别时，她神色古怪地微笑着。在这以前，她似乎没有明白我第二天就走。而我想到很快就能见面，所以告别时没有任何悲伤情调。

然而，晚饭以后，我感到一种朦胧的不安，便再次下山，在城里徘徊了将近一个小时，最后下决心去按比科兰家的门铃。接待我的是舅父。阿莉莎身体不舒服，已经上楼回到房间里去了，而且肯定已经上了床。我和舅父谈了一会儿便告辞出来……

这些意外情况多不凑巧啊，但是，责怪它们又有什么用呢？就算一切顺心，我们也会使自己拘束的。不过，阿莉莎也觉察到这一点，这使我极为沮丧。我一回到巴黎，就收到她的来信：

我的朋友，这次见面多么可悲呀！你仿佛归罪于别人，但你也说服不了你自己。而现在我想，我知道，情况将永远如此。啊！求求你，我们不要再见面了！

为什么有这种拘束，这种做戏的感觉，这种麻木和沉默呢？我们有那么多话要说！你回来的第一天，这种沉默甚至使我高兴，因为我想它会消失的，你会对我讲些美好的事情，在这以前你是不可能走的。

可是，去奥尔谢的那趟凄惨的散步在沉默中结束了。特别是我们俩的手彼此松开，绝望地垂了下来，这时我感到自己的心无比忧伤和痛苦，简直支持不住了。而使我最难受的，倒不是你的手松开了我的手，而是感觉到，即使你的手不这样做，我的手也会这样做的——既然它不再愿意留在你手中。

第二天，也就是昨天，我发狂地等了你一个上午。我烦躁不安，在家里坐不住，便给你留了一张纸条，让你去海堤上找我。我久久待在那里注视汹涌的大海，可是你不在我身边，我独自一人观看海景，感到很痛苦。我回家时，突然想象你在房间里等着我。我知道下午我没有空。

头一天玛德兰说她要来看我,那时我打算早上和你见面,便让她下午来。不过,也许亏了她,我们才得到这次见面中唯一美好的时光。在一瞬间,我有一种奇怪的幻觉,仿佛这场轻松自如的谈话会延续很久,很久……当你走近我和她并坐的长椅,向我俯身告别的时候,我什么也说不出,只觉得一切都在结束。突然,我明白你要走了。

你和玛德兰刚走出去,我就感到这一切是不可能的,是无法忍受的。你知道吗,我又走出了门!我想和你再谈谈,把我没有说的话统统跟你说。我朝普朗蒂埃家跑去……天色已晚,我没有时间,没有勇气……我绝望地回家,给你写信……告诉你我不愿再给你写信了……一封告别信……因为我终于感到,我们的全部通信只是一个大大的幻影,我们每人只是在给自己写信,唉,而且……热罗姆!热罗姆!啊!我们仍然相距遥远!

是的,我撕了这封信,不过我现在给你重写一遍,和原来的几乎一模一样。啊!我照样爱你,我的朋友!你一走近我,我便感到窘迫、拘束。我比任何时候都明确感到,我深深爱着你,但却是绝望地,这一点我不得不承认,因为,你明白,当你远离我时,我爱你更深。唉!我早就有所预感,而这次盼望已久的会见终于使我明白了,我的朋友,你现在也应该确信这一点。再见吧,我挚爱的兄弟,愿上帝保佑你,引导你,因为我们只有接近他才不食恶果。

仿佛这封信还不够使我痛苦似的,她在第二天又加上了这段附言:

在发出这封信时,我请你在与你我有关的事情上稍稍谨慎一些。你曾不止一次地将你我之间的秘密告诉朱莉埃特或者阿贝尔,这使我很不痛快。正因为这一点,我在你觉察以前早就认为:你的爱情主要是出自理性,是你从理智上高尚地坚持的温情和忠诚。

无疑,她怕我把这封信给阿贝尔看,所以写了最后这几句话。她是出于怎样的怀疑而对我产生戒心的呢?难道她在我的话语中发现了我朋友的劝告的某种痕迹?

其实我已经感到与他相距遥远!我们分道扬镳,阿莉莎的嘱咐实属多余,因为我已学会独自挑起这副痛苦的重担——我的忧愁。

在后来的三天里,我唉声叹气。我想给阿莉莎写回信,但又害怕,怕讨论过于稳重,怕申辩过于激烈,怕用词不当,从而加深我们的创伤,以致无法医治。我数十次地写信。我的爱情在奋力挣扎,今天,当我读到这封被泪水浸湿的信时,仍然泪如雨下。这就是我最后决定寄出的那封信的副本:

阿莉莎!可怜可怜我,可怜可怜我们两人吧!……你的信使我很痛苦。我多么希望能够对你的恐惧一笑置之啊！是的，你写的话我原先有所感觉，但不敢对自己承认。你使仅仅是臆想中的东西变成了多么可怕的现实，而且又使它远远地将我们隔开！

如果你感到不再爱我了……啊！我不要这种残酷的设想，你的整封信都是对它的否定！那么，你暂时的惧怕又有什么关系呢？阿莉莎，我刚想讲道理，话语便凝住了。我只听见自己的心在呻吟。我爱你太深，所以没法不笨拙，而且我越是爱你，就越不会和你讲话。出自理性的爱情……你让我怎么回答好呢？我是用整个灵魂来爱你的，哪里分得出脑和心呢？不过，既然我们的通信受到你的非难，既然通信将我们抛起，然后又摔到现实中去，使我们受到严重创伤，既然你现在认为，你给我写信其实是写给你自己看的，既然我没有勇气再接受第二封类似的信，那么，我请求你暂时停止一切书信来往吧。

接着我不同意她的判决，我上诉，我恳求她寄希望于下一次见面。上一次见面时，一切都不顺利：背景、配角、季节，甚至包括我们热情的书信，因为它没有谨慎地使我们做好心理准备，而这一次，我们在会面以前将保持沉默。我希望春天在富格兹马尔见面，在那里，我想往日的回忆将为我辩护，而且舅父也愿意在复活节假期里接待我。我将根据她的意思多住或少住几天。

我决心已定,所以,信一发出,我便全心投入学习。

快到年底的时候我又见到了阿莉莎。几个月以来,阿斯比尔通小姐的健康恶化,在圣诞节前四天去世。我服完兵役后,又和她住在一起。我一直守着她,看她咽气。阿莉莎寄来了一张明信片,这表明她遵守我们保持沉默的誓愿,认为它高于我的哀痛。她将乘火车来,乘第二班火车回去,只是来参加葬礼,因为舅父来不了。

参加葬礼的几乎只有她和我。只有我们俩陪送灵柩,我们并肩走着,几乎没有交谈。然而,在教堂里,她坐在我身边,有好几次我感到她正温柔地看着我。

"一言为定,"她离开我时说道,"复活节以前保持沉默。"

"是的,可是到了复活节……"

"我等你。"

我们站在墓园门口,我提出送她去车站,可她向一辆汽车打个招呼,一句告别的话也没说就走了。

七

　　四月底我来到富格兹马尔，舅父像父亲一般地吻抱我，然后说："阿莉莎在花园里等你。"看到她没有马上来迎接我，最初我感到失望，但马上我便感谢她了，因为这使我们避免了见面时流于俗套的寒暄。

　　她在花园最深处。我朝圆形路口走去。四周是密密的灌木。在那个季节，路口上开满了鲜花：丁香、花椒、金雀花、锦带花等等。为了避免老远就看见她，或者说，为了不让她看见我走近，我走上花园另一边那条浓荫覆盖、空气清凉的小径。我慢慢地走，天气仿佛和我的欢乐一样，炽热、光亮、柔和而纯净。她肯定盼着我从另一条小径过来。我来到她身旁，来到她身后，她没有听见我走近。我停住了……时间仿佛和我一道停住。我心里想：这也许是最美好的时刻，它先于幸福，胜过幸福……

　　我想在她面前跪下，我走了一步，她听见了，猛然站了起来，手中的刺绣件掉在地上。她向我伸出双臂，将两手搭在我肩上，我们就这样待了一会儿。她伸着两臂，斜着头，满脸微笑，一言不发，温存地看着我。她穿一身白衣。在她那张几乎过于严肃的脸上,我又看到了孩子般的笑容……

"听我说,阿莉莎,"我突然大声说,"我有十二天假期。等你不愿意的时候,我一天也不多待。我们现在定一个信号,来表示明天应该离开富格兹马尔。只要看到信号我第二天就走,既不责备,也不抱怨。你同意吗?"

这番话我事先毫无准备,它极其自然地脱口而出。她沉思了片刻,说道:

"晚上我下楼吃饭的时候,要是脖子上不戴着你喜欢的那个紫晶十字架……你就会明白吧?"

"那将是我最后的一晚。"

"可是,"她接着说,"你能够就那样走吗?没有眼泪,也没有叹息……"

"也不告别。这最后一晚,我和你分手时也简简单单地,和头天一样,以至于你会纳闷:他明白了没有?可是第二天早上,你来找我时,我已经不在了。"

"第二天我不会找你的。"

她把手伸给我,我将它举到唇边说:

"从现在起直到最后一晚,不要作任何使我有所预感的暗示。"

"你也不要暗示将来的分离。"

现在应该打破这次庄严的会面可能造成的窘迫气氛了。我说:

"我真希望在你身边度过的这几天和别的日子一样……我

是说：我们谁也不要认为它们特殊。再说……如果我们能够做到一开始就别谈太多……"

她笑了起来。我又说：

"难道我们没有什么事可以一起干吗？"

我们一直对园艺感兴趣。不久以前，一位没有经验的新花匠接替了老花匠，有两个月花园无人修整，所以要干的活儿不少。玫瑰没有剪枝，有些玫瑰生长茂密，枯枝累累；另外一些爬墙玫瑰缺乏结实的支撑，坍了下来；一些徒长枝吸干了其他枝叶的营养。这些玫瑰大都是我们以前嫁接的，我们认出是自己的苗木，它们需要我们照料。这花去我们很多时间，因此，在头三天里，我们说了许多话而只字未提严肃的事。而且，当我们不说话的时候，我们也不感到沉默的难堪。

我们就是这样彼此重新适应。我对于这种习惯性，比对于任何解释都寄予更大的期望。就连分离的事也被我们淡忘了。我常常对她的担心，以及她对我的畏惧都有所减弱。阿莉莎比我秋天那次可悲的访问时更显得年轻，我觉得她从来没有这样漂亮过。我还没有吻抱过她。每天晚上我看见挂在细金链上的紫晶小十字架在她的胸衣上晶莹闪亮。我放了心，重新产生了希望。什么，希望？已经是坚定的信心了。我感到阿莉莎也仿佛具有信心，因为我对自己毫不怀疑，对她也不会再有怀疑。我们的谈话逐渐大胆起来。

一天早上，舒适迷人的空气在微笑，我们的心像鲜花一

样开放,我对她说:

"阿莉莎,现在朱莉埃特也幸福了,难道你不愿我们,我们也……"

我说得很慢,眼睛盯着她。她突然奇怪地脸色发白,所以我没有把话说完。

"我的朋友,"她说,并没有转过脸来看我,"我在你身边感到很幸福,我从未想到会这样幸福……可是,相信我:我们生来不是为了幸福……"

"除开幸福,心灵还能追求什么呢?"我冲动地喊道。她喃喃地说:"圣洁……"她说得那么轻,与其说是我听到的,还不如说是我猜到的。

我的全部幸福张开双翅从我身边飞走了,飞上了九重蓝天。

"没有你我是达不到的。"我说。我把头靠在她膝上,像孩子一样哭了起来。这不是忧愁,而是爱情的眼泪。我又说:"不能没有你!不能没有你!"

这一天像往常一样过去了。可是到了晚上阿莉莎没有戴上紫晶十字架,我遵守诺言,第二天拂晓就走了。

第三天我收到这封古怪的信,前面引用莎士比亚这几句诗作为题词:

又奏起这个调子来了,它有一种渐渐消沉下去的节奏。啊!它经过我的耳畔,就像微风吹拂一丛紫罗兰,发出轻柔的声音,一面把花香偷走,一面又把花香分送。

够了！别再奏下去了！它现在已经不像原来那么甜蜜了……

下面是信文：

是的，整个上午我情不自禁地寻找你，我的兄弟。我不能相信你果真走了。我埋怨你信守诺言。我想：他是在开玩笑吧。我走过每片灌木丛，都想你会从后面出来吧。可是没有，你真的走了。谢谢你。

在那天剩下的时间里，有些想法一直萦绕在我心头，我愿意让你知道；我还感到一种奇怪的、确切的恐惧：如果我不把这些想法告诉你，我怕将来会于心有愧，该受你谴责……

你来富格兹马尔的头几个小时，我觉得惊奇，很快又感到不安，因为在你身边我的整个身心都得到一种奇异的满足。你曾说过："十二万分的满足，以至我再无所求了！"唉！正是这一点使我不安……

我的朋友，我担心没法使你理解我；我尤其害怕的是：你会把我心灵中这种最强烈的恐慌的流露看作一种繁琐的推理（啊，它会显得多么笨拙）。

"如果幸福不能使人满足，那就不叫幸福了。"这是你对我说的，你还记得吗？当时我不知怎样回答好。不，热罗姆，幸福不使我们满足。热罗姆，它不应该使我们满足。这种其乐无穷的满足,我不能把它看作真实的。秋天的见面不是已经使我们明白:这种满足掩盖着多么深的痛苦吗?……

真实的!啊!上帝保佑它不是真实的!我们生来是为了另一种幸福……

以前,我们的书信损害了秋天的会见,同样,我想起你昨天还在这里,便觉得今天写信索然无味。从前我和你写信时所感到的陶醉现在都跑到哪里去了?通过书信,通过见面,我们已经把我们的爱情所能期望的纯洁的欢乐全部耗尽。现在,我情不自禁地要像《第十二夜》中的奥西诺那样高声说:"够了!别再奏下去了!它现在已经不像原来那么甜蜜了。"

再见吧!我的朋友。自此开始爱上帝吧!啊!有一天你会知道我是多么爱你吗?……直到最后,我都是你的。

阿莉莎

对于美德的圈套,我是无法招架的。一切英雄气概使我晕眩,但又吸引我,因为我将它和爱混为一谈。阿莉莎的信使我陶醉在最冒失的热忱中。上帝知道我是为了她才力求更多的美德。任何小路,只要是上坡,就能引我到她那里。啊!愿地面快快地缩小,最后只载得下我俩!唉!我没有猜到她那巧妙的掩饰,也没有想到她会在山顶上再次从我手中逃掉。

我回了她一封长信,其中只记得这段比较清醒的话:

我常常感到爱情是我身上最美好的东西，我的一切美德都由此而来。是爱情使我超过我自己。要是没有你，我会重新落到我那平庸天性的可怜的水平上。正由于我抱着与你相见的希望，我才永远认为最崎岖的路是最好的路。

我还写了些别的，她回信说：

可是，我的朋友，圣洁并不是一种选择，而是一种职责（这个词下面划上了三道线）。如果你是我认为的那种人，那么，你也逃避不了这个职责。

完了。我明白，或者说我预感到，我们的通信到此告终，即使是最狡诈的建议，最坚忍的毅力也无济于事。

然而，我继续写信，写长长的、温柔的信。在第三封信后，我收到了这封短信：

我的朋友：

你不要以为我下决心不再给你写信了，我只是对它失去了兴趣。不过你的信仍然使我开心。我越来越责备自己不该在你的思想中占这么大的位置。

夏天快到了。我们暂时不要写信吧。你来富格兹马尔，来我身边度过九月份的后半个月，同意吗？如果同意，就不必回信。我将把你的沉默看作是同意，因此希望你不回信。

我没有回信。这种沉默大概只是她对我的最后一次考验。在几个月的学习和几个星期的旅行以后，我回到了富格兹马尔，这时我安详而自信。

我如何通过简单的叙述使你们立刻理解那些我最初也很不了解的事情呢？从那时开始我便悲痛欲绝，除了这种状态以外我还能描写什么呢？我今天绝不能原谅我自己，因为我未能透过最虚假的外表感受爱情；但当时我只看见这个外表，而且，当我找不到昔日的女友时，我便责怪她……不，即使在当时，我也没有责怪你，阿莉莎，而是因为找不回你而绝望地哭泣。我现在从你的沉默的狡计和残酷的策略中看出来，你的爱情是多么的强烈；你越是使我忧伤痛心，我不是越应该爱你吗？

鄙视？冷漠？不，这里没有任何可以用人力克服的东西，没有任何我可以与之搏斗的东西。难怪我有时犹豫，怀疑我的不幸是自己臆想的，因为它的原因如此微妙，因为阿莉莎如此巧妙地装聋作哑。我又能抱怨什么呢？她接待我时，比以前更笑容可掬。她从来不曾如此殷勤，如此关切。第一天，我几乎上了她的当……她梳了一种新发式，头发向后平梳，使面部线条显得生硬，仿佛是为了歪曲脸部表情，她穿的是一件颜色黯淡、质地粗糙、不合体的胸衣，破坏了柔和的身材,不过,这一切都有什么关系呢……这并不是无法弥补的,而且,我当时盲目地想,第二天她会主动改变,或者应我的请求改变的……使我不安的是那种关切、那种殷勤。这在我们之间是少见的。我担心她这样做是出于决心而并非热情,大胆一点说,出于礼貌而并非爱情。

晚上我走进客厅,吃惊地发现钢琴没有了,我失望地叫了一声。

"钢琴拿去修理了,我的朋友。"阿莉莎回答说,声音十分平静。

"我可跟你说过好几次了,孩子。"舅父用近乎严厉的口吻责备说,"既然你一直用到现在,完全可以等热罗姆走了以后再拿去修嘛。你做得这么匆忙,使我们丧失了一种乐趣。"

"可是,父亲,"她脸红了,转过头去说,"真的,最近它的音色粗沉,恐怕热罗姆也弹不出什么调子来。"

"你弹的时候,"舅父又说,"似乎也不太坏嘛。"

她朝暗处俯身待了片刻,仿佛在专心一致地数沙发套上的针脚,然后她突然走出房间,过了好一会儿才回来,用托盘端着舅父每晚都要服用的药茶。

第二天,她既没有换发式,也没有换胸衣。她和父亲一起坐在屋前一张长椅上,又拿起头天晚上的针线活儿,或者不如说缝补活儿。在她身旁,长椅上或桌上,放着一个装满了破袜子的大篓,她从里面拿出东西来缝补。几天以后,袜子变成了毛巾和床单……她全神贯注地缝补,她的嘴唇失去了一切表情,眼睛失去了一切光泽。

"阿莉莎!"第一天晚上我喊道。这张面孔失去了诗意,我几乎认不出来了。我惊恐地盯着她好一会儿,而她对我的目光毫无觉察。

"怎么了?"她抬头问道。

"我想看看你听不听得见我的话。你的思想似乎离我很远。"

"不,我在这儿,只是这些缝补活儿需要我聚精会神。"

"你缝补的时候,要不要我给你读点什么?"

"恐怕我没法注意听。"

"你为什么挑这个费神的活干呢?"

"总得有人干呀。"

"有那么多可怜的女人靠这个挣钱。你干这个吃力不讨好的活儿,总不是为了省钱吧?"

她立刻说她最喜欢这个活儿,很久以来她就没干别的,对别的活儿大概已经完全生疏了……她微笑着。她的声音从来没有那么温柔,我更感到痛心。"我说的都是很自然的事,为什么愁眉苦脸呢?"她的面孔仿佛这样说。我的心在全力抗议,但话甚至涌不到我的唇边。它使我窒息。

第三天我们去摘玫瑰,她让我把玫瑰送到她房间去。那一年我还没有进过她的房门。我怀了多么大的希望呀!因为当时我还埋怨自己不该忧愁。只要她一句话，我的爱情便能痊愈。

我每次走进她的房间总是十分激动，那里有什么东西构成了一种和谐的宁静。那是阿莉莎所特有的。窗帘和床帏的蓝色的暗影，发亮的桃花木家具，有条不紊，整洁，安静，这一切使我衷心感到她多么纯洁，又具有何等沉思的美！

那天早上，我惊奇地发现，在床挨着的墙上，我早先从意大利带回的那两张马萨奇奥风景照片没有了。我正想问她是怎么回事，我的目光落到近旁那个摆着她喜爱的书的书架上。这个小小的书库是逐渐形成的，其中有一半是我给她的书，另一半是我们一同读过的书，我发觉这些书都被拿走了，换上的全部是我想她会嗤之以鼻的、毫无价值的、庸俗的宗教小册子。我突然抬起头来，看见阿莉莎在笑，是的，她一面观察我，一面笑。

"请原谅，"她立刻说，"是你的面孔使我发笑。你一看见我的书就变了脸……"

我可没有心思开玩笑。

"不，阿莉莎，你现在确实看这些书？"

"当然，有什么奇怪的？"

"我原来以为，当一个人习惯了丰富的精神食粮以后，遇到这种乏味的东西不能不倒胃口。"

"我不明白你的意思，"她说，"这是些朴实的人，他们和我谈心时简简单单，清楚明了。我也喜欢和他们在一起。我早就知道他们和我谁也不会让步的,他们不会上优美语言的圈套,我在读他们的文章时,也不会产生任何渎神的赞赏。"

"你现在就只看这些书?"

"差不多吧。这有几个月了。再说,我也没有很多时间看书。最近我想翻翻你以前教我欣赏的大作家的书,可是,坦白告诉你,我感到自己就像《圣经》里讲的那个人:努力将自己拔高一尺。①"

"是哪位'大作家'给了你这个古怪的想法呢?"

"不是他给我,而是我读书时自然产生的……是帕斯卡尔②,也许我碰上的那一段不太好……"

我做了一个不耐烦的姿势。她说话的声音清亮而单调,仿佛在背书。她没完没了地摆弄花,没有抬头。我这个姿势使她停顿了片刻,接着她用同样的声调往下说:

"如此夸夸其谈,实在叫人吃惊,而且费这么大的劲来证明这一点点东西。我有时想,他那感人的声调可能更多是出于怀疑,而不是出于信仰。完美的信仰并不需要充满眼泪的颤抖的声音。"

"这个声音之所以美,正在于这种颤抖和眼泪。"我试着回答,但已经没有勇气了,因为我在阿莉莎的话里找不到从

---

① 此句源自《马太福音》第六章第二十七节,原句为"你们哪一个能用思虑使身量多加一肘?"

② Blaise Pascal(1623—1662),法国科学家、哲学家和作家,笃信冉森派教义,著有宗教论述文集《思想录》。

前她身上我所珍爱的东西。我在此根据回忆将这次谈话如实地记下来,未进行任何修饰或整理。

"如果他不从世俗生命中抽去一切欢乐,那么,将来在天平上,世俗生命将压过……"

"压过什么?"她这句古怪的话使我目瞪口呆。

"压过他所寻求的虚无缥缈的极乐。"

"那么说,你不再相信极乐了?"我喊道。

"这无关紧要!"她接着说,"我倒是愿意它虚无缥缈,这样可以排除一切做交易的嫌疑。热爱上帝的心灵追求德行是出于高尚的本性而不是希望得到报偿。"

"帕斯卡尔的高尚之处正在于这种隐秘的怀疑主义。"

"不是怀疑主义,是冉森派①教义。"她微笑着说,"我要这些干什么呢?"她转头看那些书,"这些可怜的人,他们可说不清自己是冉森派呢,寂静派②呢,还是别的什么派。他们像被风吹倒的小草一样伏拜上帝,谈不上俏皮、惶惑,或者美。他们认为自己平平庸庸,他们知道如果自己有某种价值,那只是因为他们消失在上帝面前。"

"阿莉莎,"我喊道,"你为什么要拔去自己翅膀上的毛呢?"

---

① jansénisme,天主教教派,推崇严格的宗教准则,在十七世纪的法国颇有影响,被路易十四及罗马教皇谴责与取缔。

② quiétisme,神秘主义教派,认为教徒可以越过教会直接与天主对话,依靠纯洁的爱来达到基督教的完美境界。

她的声音仍旧安详自然，使我觉得我这一声惊呼是可笑的夸张。

她摇摇头又微笑说：

"从对帕斯卡尔的最后这一次访问中，我能抓住的只是……"

"只是什么？"我问道，因为她停住了。

"只是基督的这句话：'凡要救自己生命的，必丧掉生命。'至于别的话嘛，"她笑得更厉害，正眼盯着我说，"真的，我几乎都没看懂。我和小人物相处惯了，再遇见崇高的大人物，很快就喘不过气来。"

在慌乱之中，难道我将无言以答吗？……

"我今天和你一同读这些训戒，默祷……"

"不，"她打断我说，"你读这些书，会使我很难受的！确实，我觉得你读的书应该比这些好得多。"

她说得很简单，仿佛没有想到我听到她这番话会肝肠寸断。我的头发热，我还想说话、哭泣，也许我的眼泪会征服她，但是我待着一言不发，我的两肘撑在壁炉上，两手托住前额。她继续安详地整理花，根本没看见我的痛苦，或者说假装没看见……

这时响起了第一下吃饭的铃声。

"饭前我是弄不完了，"她说，"你快走吧。"仿佛这只是一场游戏似的。她又说：

"以后接着谈吧。"

我们并没有接着谈。阿莉莎不停地从我身边溜走。她似乎并不是故意回避我,但一切偶然的事务马上就成为她十分紧迫的责任。我得排号,她没完没了地料理家务,要不就是去谷仓察看修理工程,拜访佃户,拜访穷人。她对他们越来越关心。在这一切以后才轮到我。剩下的时间归我,但已少得可怜了。我总见她忙出忙进。也许正是由于这些琐事,正是由于我放弃追逐她,我才没有深深感到自己失去了多少东西,而短短的一次谈话使我清楚得多。阿莉莎有时给我几分钟,但我谈话笨拙无比,而她谈话时就好像在玩儿童游戏。她心不在焉,笑吟吟地从我身旁快步走过,我感到她十分遥远,仿佛从来就是陌生人。有时我甚至在她的笑容中看到某种挑战,至少是某种讽刺。我觉得她躲避我的要求,并以此为乐……但我马上就将一切埋怨归咎于自己,因为我不愿责备人,而且,我从她那里期待什么,我能责备她什么,我自己也不清楚。

我原先期望带来快乐、幸福的这些天就这样过去了。我惊愕地看着它流逝,但我既不愿增加它的数目,也不愿减缓它的流逝,因为每一天都加深我的痛苦。然而,在我走的前一天,阿莉莎陪我来到被废置的泥灰岩场的长椅旁。那是一个明朗的秋日黄昏,天边清澈无雾,万物微微现出蓝色,轮廓清晰,连最朦胧的往事也浮现了出来,我情不自禁地抱怨起来,说我丧失了多么大的幸福,所以才感到如此痛苦。

"那我有什么办法呢!我的朋友?"她马上说,"你爱上了一个幽灵。"

"不，绝不是幽灵，阿莉莎。"

"一个幻想中的人物。"

"唉！不是幻想的。她曾经是我的女友。我在呼唤她。阿莉莎！阿莉莎！你曾是我爱的人。如今你变成什么样子了？你使自己变成什么样子了？"

她默不作声，慢慢摘掉一朵花的花瓣，低着头。过了一会儿她终于开口了：

"热罗姆，为什么不直截了当地承认你不那么爱我了？"

"因为这不是真的！不是真的！"我愤怒地喊着，"因为我从来没有像这样爱过你。"

"你爱我……但你又惋惜失去了我！"她说，尽量想微笑，稍微耸耸肩。

"我不能将我的爱情变为过去时。"

我脚下的土松坍了，我拼命抓住一切……

"但它肯定会和其他的一切同时消失。"

"这样的爱情只能和我同时消失。"

"它会慢慢减弱的。你认为至今仍爱着的阿莉莎其实只是你回忆中的阿莉莎罢了。将来有一天，你只记得曾经爱过她。"

"你这样说，好像以为有什么东西可以代替她在我心中的位置，好像以为我的心能够停止爱她。你就不记得你曾经爱过我吗？你高兴这样折磨我吗？"

我看见她那苍白的嘴唇在颤抖，她用几乎含混不清的声音喃喃说：

"不，不，在阿莉莎身上，这一点没有变。"

"那么一切也没有变。"我说，一面抓住她的手臂……

她稍稍镇定地说：

"有一句话可以解释一切，你为什么不敢说呢？"

"什么话？"

"我老了。"

"胡说……"

我马上申辩说我自己也老了，和她一样，我们相差的年龄仍然未变……但她已经恢复了镇定，千载难逢的时机过去了。不由自主的争辩使我丧失了一切优势，我茫然若失。

两天以后，我离开了富格兹马尔，我对她，对我自己都不满意。我模糊地仇恨当时仍被我称作的"德行"。我怨恨一直使我思念的那件心事。在最后这次会见中，我的爱情发展到了极点，它似乎耗费了我的全部热情。阿莉莎的每一句话最初使我很反感，但它们却留在我身上，它们充满生机，无可辩驳，而我的申辩却早已无声无息了。啊！她说对了！我珍爱的只是一个幽灵。我曾爱过的，我仍然爱着的阿莉莎已经不在了……啊！我们多半衰老了！面对着这个诗意消逝的可怕景象，我的整个心冻得冰凉，然而，这个景象只不过是回归自然。如果说我曾逐渐地将阿莉莎拔高，将她视为偶像，用我所爱的一切来装饰她的话，那么，除了劳累以外，我的心血还留下什么呢……我刚一放开她,她便落到原先的水平上、低级的水平上,我也回到这个水平,但却不再爱她了。啊!我靠自己的力量将她推上高山之巅,又为了寻找她而凭借德行努力攀登,这一番使人筋疲力尽的努力是多么的荒谬和虚幻啊!如果我们的爱情不那么骄傲,它就会轻易得多……可是,从此坚持一种无对象的爱情,那又何苦呢?那只能叫作顽固,而不再是忠实。忠实于什么?忠实于错误。承认自己错了,难道这不是最明智的吗?……

这时我被推荐去雅典学院①,我同意立即到校。我既无抱负,又无兴趣,但一想到要走,就仿佛逃遁一样,我感到高兴。

---

① Ecole d'Athènes,法国在希腊雅典设立的学院,为高等师范高材生提供进修深造的条件。

八

然而我又见到了阿莉莎……这是三年后的夏末时分。十个月以前我从她那里得知舅父病故。当时我正在巴勒斯坦旅行，我立即回了她一封长信，但没有回音……

我偶然经过勒阿弗尔。我记不得自己找了一个什么借口，在本能的驱使下，来到富格兹马尔。我知道在那里能见到阿莉莎，但又担心她不是独自一人。我没有预先通知她。我不喜欢像普通客人那样叩门，因此便迟疑不决地往前走：我是进去呢，还是最好不见她，不想法见她一面就走？……是的，当然这样。我只想在大道上走走，在长椅上坐坐，也许她现在还来这里坐……我已经在考虑留下一个什么记号，好表示我来过以后又走了……我一边思索，一边慢步走着。我决定不去见她，这时，使我心中难受的强烈的悲哀转化为一种几乎柔和的忧郁。我已经来到大路上，为了避人耳目，我走在人行道上，沿着和农场庭院接壤的山坡走。我知道山坡上有一处可以望见花园，便去那里。一个我认不出来的花匠正在小径上耙草，他很快就从我的视野里消失了。一道新栅栏门锁住了农场。我走过时，狗吠了起来。稍远，在大道消失的地方，我向右转，又看到花园的墙口。我想去和我已离开的大路相互平行的山毛榉林，便从菜园的小门前走过。突然我产生了一个念头，从那里进入花园。

门是关着的。但门闩不堪一击，用肩一顶就能顶开……正在这时，我听见脚步声，忙躲进一处凹墙里。

我看不见是谁从花园里走出来。但我听见，我感到这是阿莉莎。她向前走了三步，低声唤道：

"是你吗，热罗姆？……"

我那颗激烈跳动的心一下停住了。我的喉头发紧，一个字也说不出。她提高声音又说：

"热罗姆，是你吗？"

听到她这般呼唤，我充满了强烈的激情，不觉跪了下来。由于我一直没有回答，阿莉莎又往前走了几步，绕过墙来，突然我感到她靠着我。而我用胳膊遮住脸，仿佛害怕立刻见到她。她朝我俯下身子待了片刻，我连连亲吻她那双脆弱的手。

"你为什么藏起来？"她问，她的话那么简单，仿佛这三年的分离只不过是几天的工夫。

"你怎么知道是我？"

"我在等你。"

"你在等我？"我说。我大吃一惊，所以只会用疑问句重复她的话……她看到我还跪着，便说：

"我们到长椅那里去吧。是的，我知道还会见你一面。三天以来我每天晚上到这里来,呼唤你,就和今晚一样……你为什么不回答?"

"你要是没有发现我,我会不见你一面就走了。"我说,逐渐控制住那最初使我昏眩的激情,"我路过勒阿弗尔,只是想在大道上走走,在花园附近转转,在泥灰岩场的长椅上歇一会儿,我想你还是常来这里的,而且……"

"你瞧瞧这三天晚上我来这里读的是什么。"她打断我的话,递给我一包信。我认出那是我从意大利写给她的信。这时我抬头看她。她变了很多,很瘦,很苍白。我心里十分难受。她倚在、压在我的手臂上,紧紧靠着我,仿佛感到恐惧或者寒冷。她仍然着重孝,没戴帽子。头上披的是黑色的花边,从两颊垂下,使她更显得苍白。她在微笑,但仿佛支持不住。我担心地问她此刻是否独自一人住在富格兹马尔。不,罗贝尔和她一起住。八月间,朱莉埃特、爱德华和他们的三个孩子曾来住过……我们来到长椅旁坐下,有一会儿,谈话还停留在一般的消息上。她询问我的工作,我很不乐意地回答,想让她感到我对工作失去了兴趣。我想使她失望,正如她使我失望一样。我不知道我这个目的达到了没有,因为她不动声色。至于我,我满腔怨恨,又满腔爱情,我努力用冷冰冰的声调说话,我埋怨自己的声音有时因激动而颤抖。

西斜的太阳刚才被一堆云彩遮住,现在又在地平线的尽头露了出来,几乎在我们的正前方,它使空旷的田野沉浸在颤动的霞光中,使我们脚下的峡谷突然溢满了光辉,然后它便消失了。我眼花缭乱,默不作声。我感到这种令人神往的金色光辉包围了我,深入到我心中,使我的恐惧烟消云散。阿莉莎一直侧身靠着我,这时突然直起身来,从胸口掏出一个用细纸裹着的小包,仿佛要递给我,但又停住了,神色迟疑,我惊讶地瞧着她。她说:

"听我说,热罗姆,这是我的紫晶十字架。这三个晚上我都带在身上,因为我早就想给你了。"

"你让我拿它来干什么呢?"我相当生硬地问。

"给你女儿留着,作为对我的纪念。"

"什么女儿?"我喊着,一面莫名其妙地瞧着阿莉莎。

"请你静静地听我讲,不,别这样看我,别看我。我和你说话已经感到很吃力了,可是这件事,我一定要跟你讲。听我说,热罗姆,有一天你要结婚的……不,别回答我,别打断我,求求你。我只是简单地希望你别忘记我曾经很爱你。而且……长久以来……三年以来,我就想有一天你的女儿将戴上你喜爱的这个小十字架,作为对我的纪念,啊,而她并不知道是纪念谁……也许你也可以告诉她……我的名字……"

她停住了,声音哽咽。我几乎仇恨地喊了起来:

"为什么你不亲自给她?"

她还想说什么。她像抽泣的孩子一样颤动着嘴唇,但她没有哭出来。她那异常明亮的目光使她脸上充满一种超人的、天使般的美。

"阿莉莎！我会和谁结婚呢？你明明知道我只能爱你……"突然，我疯狂地、几乎粗鲁地搂住她，用力亲吻她的嘴唇。有片刻她仿佛顺从我，半倒在我怀里。我看到她的目光黯淡下来，接着她便闭上眼睛。她的声音准确而和谐，这是我永世再也听不到的声音：

"可怜我们吧，我的朋友！啊！别破坏了我们的爱情。"

也许她还说过：别怯懦行事。要不就是我自言自语，我也不清楚。不过，我突然在她面前跪下，两臂虔诚地抱住她说：

"既然你这样爱我，那为什么一直拒绝我呢？你瞧！最初我等待朱莉埃特结婚，我理解你是盼着她幸福。她现在幸福了，这是你自己告诉我的。现在只剩下我们两人了。"

"啊！别懊悔过去。"她轻声说，"我现在已经翻过了这一页。"

"现在还来得及，阿莉莎。"

"不，我的朋友，来不及了。那一天，我们出于爱情而彼此期望对方得到比爱情更高的东西，从那时起，我们就来不及了。由于你，我的朋友，我的梦想上升到那么高的地方，以致任何人间的满足都会使它跌落下来。我常常想我们在一起的生活会是什么样子。一旦我们的爱情不再是美满无缺时，我就再也忍受不了它……"

"如果我们彼此失去对方，那生活又会如何，你想过吗？"

"没有！从来没有。"

"现在，你瞧！三年来我失去了你，痛苦地徘徊……"

黄昏来临。

"我冷。"她说,一面站起来,把披巾裹得紧紧的,以致我没法挽起她的手臂,"你还记得《圣经》上这段话吗?它曾使我们不安,我们害怕没有看懂:'他们未得到所应许的东西,因为上帝给我们预备了更美好的事。'"

"你仍然相信这些话?"

"没法不信。"

我们彼此挨着,默默走了一会儿。她又说:

"你想想这个吧,热罗姆,更美好的!"突然,她的眼泪夺眶而出,但她仍然重复说,"更美好的!"

我们又来到菜园的小门前,刚才她是从那里出来的。她转身对我说:

"再见了!不,别再往前走。再见吧,我心爱的人,从现在开始了……最美好的。"

她瞧了我一会儿,既留我又推我,她伸出双臂,手搭在我肩上,眼光中充满了难以形容的爱情……

一听见门重新关上,一听见她拉上门闩,我便靠着门跌倒在地。我绝望已极,待在黑夜里长久地流泪和抽泣。

可是,留住她,撞开门,不择手段地闯进那座不会对我关闭的房子,不行,即使今天回忆起整个往事来,我也感到……不行,这在我是不可能的。谁现在不能理解我,就表明他在这以前一直没有理解我。

我感到一种无法忍受的焦虑,几天以后我写信给朱莉埃特。我告诉她我去过富格兹马尔,告诉她阿莉莎的苍白和瘦弱使我多么担心。我恳求她加以注意,请她告诉我消息,因为阿莉莎本人是不会再给我写信的。

不到一个月以后,我收到下面这封信:

我亲爱的热罗姆:

告诉你一个十分不幸的消息:我们可怜的阿莉莎已经不在人世了……唉!你上封信里所流露的担忧是有道理的。几个月以来,她一天天衰弱下去,但并不是真正得了病。经我再三恳求,她才同意去看勒阿弗尔的A医生,医生写信告诉我说她没得什么严重的病。可是你前次看望她以后的第三天,她突然离开了富格兹马尔,这是罗贝尔写信告诉我的。她很少给我写信。要不是罗贝尔,我根本不会知道她离家出走,因为我不会因为她的沉默而惊惶不安。我严厉地责怪罗贝尔不该让她一个人去巴黎,而应该陪她去。你会相信吗,从那时起,我们就完全不知道她住在哪里。你不难想象我多么焦急,既无法去看她,也无法给她写信。几天以后,罗贝尔去巴黎一趟,但一无所获。他这个人很懒,我们怀疑他是否真热心。我们不能继续处于这种令人痛苦的无知之中,于是不得不通知警察局。爱德华也去了,几经周折,总算找到了阿莉莎藏身的那家小疗养院。可惜太晚了。我收到疗养院院长寄来的信,通知我她已去世,同时又收到爱德华拍来的电报，他甚至没有赶上见她一面。最后一天，她把我们的地址写在一个信封上，好让人通知我们，另一个信封里装着她给勒阿弗尔公证人的信件附本，里面有她的遗嘱。我想这封信里有一段话与你有关，不久我就会告诉你。爱德华和罗贝尔参加了前天举行的葬礼，陪送灵柩的不止他们俩。疗养院的几个病人坚持要参加葬礼，并陪送灵柩到墓园。可惜我这几天要生第五个孩子，没法去。

  我亲爱的热罗姆，我知道她的死会给你带来深深的痛苦，我写这封信时也很难过。这两天我应该卧床，我写信很吃力，但我不愿意让任何别人代笔，甚至包括爱德华和罗贝尔在内，不愿让别人和你谈到只有我们两人才了解的阿莉莎。我现在几乎是老主妇了，炽热的往事已经被厚厚的灰烬掩盖，我希望可以见见你。如果什么时候你来尼姆办事或游览，请到埃格维弗来。爱德华会很高兴认识你。我们两人可以谈谈阿莉莎。再见了，亲爱的热罗姆，忧愁地吻抱你。

  几天以后，我听说阿莉莎将富格兹马尔留给她弟弟，但要求将她卧室的全部东西以及她所指定的某些家具送给朱莉埃特。我即将收到上面有我的名字的密封信件。我还听说她要求别人给她戴上我在见她最后一面时拒绝收下的那枚紫晶十字架。爱德华告诉我说这也按照她的意思办了。

公证人转来的密件中有阿莉莎的日记。我在这里转抄一些片段，只是转抄，不加评注。你们完全想象得出我读日记时作何感想。我的心受到多么大的震动，这是我很难表达于万一的。

阿莉莎日记

埃格维弗

前天从勒阿弗尔出发,昨天抵达尼姆。这是我第一次旅行!我既不用操心家务,又不用操心饭食,所以觉得无所事事。今年是一八八……年五月二十三日,是我二十五岁的生日。我开始写日记了,并不是觉得有趣,只是免得寂寞。我有生以来第一次感到孤独,因为我来到了我还不认识的地方,它几乎是陌生的异乡。它一定会像诺曼底那样向我讲述许多事,而那正是我在富格兹马尔百听不厌的——因为上帝在任何地方都是不变的——但是,这块南方的土地用的是我没学过的语言,我惊奇地谛听着。

五月二十四日

朱莉埃特在我身边的一张躺椅上打盹。我们坐在露天走廊里。它是这座意大利建筑中最美的地方了。走廊与从花园延伸过来的铺沙的庭院齐平……朱莉埃特坐在躺椅上就可以看见缓缓起伏的草坪一直伸到水边,水面上有一大群五颜六色的鸭子在嬉戏,还有两只天鹅在游来游去。据说水是从一条夏季从不枯竭的小溪里来的。小溪穿过花园,花园过去是小树林。干燥的灌木丛和葡萄园把小溪紧紧夹住,很快就使它完全窒息了。

……昨天,我待在朱莉埃特身边的时候,爱德华·泰西埃尔带父亲去参观了花园、农场、酒窖和葡萄园,因此,今天一早我便独自一人去初步探索这个园子。这里有许多我从未见过的花草树木,我很想知道它们的名字,便从每株植物上摘下一根细枝,好去问别人。我认出了青橡树,这是热罗姆在博尔盖塞别墅[①]或者多里亚潘菲利别墅公园所赞赏的那种树……它是我们诺尔省青橡树的远亲,但外表却截然不同。这些树几乎矗立在院子的尽头,覆盖着一块窄小的、神秘的林间空地,下面是引诱水仙前来歌唱的、踩上去很松软的草坪。在富格兹马尔时,我对于大自然有着深深的基督教式的感受,但自从来到这里,我的感受不知不觉地稍稍带上了神话色彩,这使我很吃惊,甚至很不快。然而,越来越加剧的那种恐惧仍然是基督教式的。我轻轻念着这几个字:"hic nemus."[②] 空气清澈透明,有一种异样的宁静。我想到俄耳甫斯[③],想到阿尔

[①] Villa Borghèse,意大利罗马城郊的古别墅,内藏绘画古玩。
[②] 拉丁文,意为:这里是树丛。引自古罗马诗人维吉尔(Virgil,前70—前19)的《牧歌集》。
[③] Orpheus,希腊神话中的人物,歌喉动人。

米达①。猛然间我听到一声鸟啼——就一声，它离我那么近，那么婉转动听，那么纯，我仿佛感到整个大自然都在盼着它。我的心剧烈地跳动。我靠在树上待了一会儿，然后便回到室内，这时大家还没有起床。

五月二十六日

热罗姆一直杳无音信。即使他把信寄到勒阿弗尔去了，也该转来了……我只能向这本日记诉说我的不安。三天以来，无论是昨天的莱博之行还是祈祷，都不能稍稍排遣我的烦恼。今天我也没有心思写别的。我来到埃格维弗以后感到一种奇怪的忧郁，也许正是由于这个吧。不过，我感到这种忧郁深藏在我心里，并长期以来就在那里，只不过被我引以为自豪的欢乐掩盖住罢了。

五月二十七日

为什么我要骗自己呢？我只是从理性上对朱莉埃特的幸福感到高兴，我曾经如此希望她幸福，并愿意牺牲我的幸福来换取它，而今天，当我看到它来得那么轻易，看到它和朱莉埃特与我两人所梦想的幸福毫无共同之处时，我感到难受。多么复杂呀！是的……我看出自己那正在可怕地复苏的自私

---

① Armida，意大利诗人塔索（Torquato Tasso，1544—1595）的叙事诗《被解放的耶路撒冷》中美丽的魔女，她的花园如同仙境。

心，它受到了伤害，因为朱莉埃特不是从我的牺牲中，而是从别处得到了幸福，因为她不需要我作出牺牲就能得到幸福。

而现在，当我为热罗姆的沉默而感到忐忑不安时，我问自己：我确实在心中作出了牺牲吗？上帝不再要求我作出牺牲，这使我感到屈辱。难道我当初没有能力这样做吗？

五月二十八日

对我的忧愁进行这种分析，是多么危险的事呀！我已经离不开这本日记了。我自己以为克服了爱打扮的心理，难道它在这里又要抬头了吗？不，这本日记绝不能成为一面供我的心灵打扮用的、逢迎我的镜子，我写日记是因为忧愁，而不是像我原来所想象的，因为无所事事。忧愁是一种罪孽状态，我从未经历过，我现在憎恨它。我要使心灵变得单纯。这本日记应该帮助我的心重新获得幸福。

忧愁来源于复杂化。我以前从不分析我的幸福。

在富格兹马尔，我也是一个人，比在这里还孤独……但我为什么没感到孤独呢？热罗姆从意大利来信时，我同意他离开我独自去看，去生活，我的思想伴随着他，将他的喜悦当作我的喜悦。而现在我却情不自禁地呼唤他。没有他，我所看到的一切新东西都使我厌恶……

六月十日

日记刚开始便中断了很久。小莉兹诞生了。晚上，我长久地守在朱莉埃特身旁。我不愿意将我可能对热罗姆说的话写在这本日记里。我想防止许多女人身上那种无法容忍的通病：写得太多。我将这本日记看作是自我完善的工具。

接着好几页是读书笔记、转抄的片段等等，然后又是在富格兹马尔的日记。

七月十六日

朱莉埃特是幸福的，她这样说，看上去也是这样。我没有权力，没有理由加以怀疑……我现在在她身旁总感到不满足，总感到别扭，这是怎么回事？也许是我认为这种幸福太方便，太轻易，完全是"量体裁衣"，所以它仿佛束缚了心灵，使它窒息……

我现在自问，我期望的到底是幸福还是朝幸福的进展。啊，主呀！别很快给我幸福！教会我将我的幸福延迟，推后，一直推到您面前。

在这以后有许多页日记被撕掉了，它们讲述的多半是勒阿弗尔的那次痛苦的会见。第二年的日记才又继续，但没有注明日期，肯定是在我去富格兹马尔期间写的。

有时，我听他讲话，就仿佛看见我自己在思想。他分析我的情况，使我发现我自己。如果没有他，我还会存在吗？

只有和他在一起我才存在……

有时我犹豫，我对他的感情确实是所谓的爱情吗？因为，人们一般描绘的爱情和我可能描绘的爱情截然不同。关于这个，我愿意什么也不说，我愿意爱他而我自己却不觉察，我尤其愿意爱他但又不让他觉察。

凡属我离开他而独自体验的一切，再也不能给我带来任何喜悦。我的一切德行只是为了使他高兴，然而，当我在他身边时，我感到自己的德行软弱无力。

我喜欢钢琴练习曲，因为每天都可以有进步，这可能也是我喜欢读外文书的原因。当然，并不是说，我喜欢他族语言胜过本族语，或者说我所赞赏的本国作家似乎不如外国作家，不是这样。我在追求词义和激情时遇到了轻微的困难。我战胜困难，越来越轻易地战胜它，我可能在不知不觉中感到骄傲，我精神上得到了乐趣，心灵上也得到了满足，而我似乎离不了这种满足。

我不会期望一种没有进展的状态，不管它是多么幸福。我想象的天堂之乐不是在上帝身上混同，而是无限地、持续地向他靠近……如果我不怕玩弄字眼的话，那我要说，凡是非进展性的欢乐，我一概嗤之以鼻。

今早我们两人都坐在大道的长椅上，我们什么话也不说，也不感到需要说话……突然，他问我是否相信永生。

"热罗姆，"我立刻大声说，"我不仅仅希望，而是确信……"

我觉得自己的全部信仰都倾泻在这话声里。

"我想知道,"他停了一会儿又说,"要是没有信仰,你会采取不同的态度吗?"

"那我怎么知道呢?"我回答说,"可是你自己呢,我的朋友,不管你怎么想,你只能怀着最热烈的信仰去行动,不可能是别的样子。你要是另一个样子,我不会爱你的。"

不,热罗姆,我们的德行所奋力追求的不是未来的报酬。我们的爱情所追求的不是报酬。因为付出辛劳而得到报偿,这种想法会伤害高贵的心灵。德行并不是高贵心灵的一种装饰,不,它是心灵美的一种形式。

爸爸的身体又不太好,但愿没有什么大病,不过三天以来他只能喝牛奶。

昨天晚上,热罗姆上楼回到自己的房间以后,和我一起闲聊的爸爸也走了出去,我独自坐在长椅上,或者说我躺了下来,这是我从未有过的姿势,我自己也莫名其妙,灯罩将我的眼睛和上半身罩在暗影里。我机械地看自己的脚尖,它从我的裙衣下稍稍露出来,暴露在灯光下。爸爸回来了,在门口站了一会儿,用一种古怪的神气瞧着我,既微笑又忧愁。我模糊地感到窘迫,便坐了起来。他对我做了一个手势。

"过来坐在我身边。"他对我说。时间已晚了,但他却对我谈起我母亲。这是他们分离以后从未有过的事。他告诉我他们是怎样结婚的,他多么爱她,最初她在他心中占多么大的地位。

"爸爸,"我终于说,"请你告诉我,为什么今天晚上,恰恰今天晚上,你对我讲这些……"

"因为,刚刚,我走进客厅的时候,看见你躺在沙发上的样子,刹那间我仿佛又见到你母亲。"

我强调这一点,是因为就在这天晚上……热罗姆靠着我的扶手椅背站着,他俯着身,从我的肩头上瞧我手上的书。我看不见他,但我感到他的呼吸和他身体的热气与颤动。我假装继续往下读,但已经不知所云,连字母也看不清了。我生出一种奇异的纷乱心情,不得不趁自己还有力气的时候从椅子上站起来。我走出房间,在外面待了一会儿,幸亏他毫无觉察……后来我独自待在客厅里,在长椅上躺下,爸爸说我像妈妈,而恰恰在那时我想到了妈妈。

昨夜我睡得很不好,心情不安、沉重。往事像悔恨一样涌上心头,缠绕着我。主呀,凡是貌似邪恶的东西,您教会我憎恶它们吧。

可怜的热罗姆!要是他知道有时他只需做一个小小的动作就好了。我有时等待他这个动作……

还是孩子的时候,我就已经愿意为了他而变得漂亮。现在我发觉我正是为了他才"追求完美"。但只有离开他才能达到完美。啊,上帝,您的这个教导使我的心灵无比惶惑。

能将德行与爱情合为一体的心灵该是多么幸福啊!有时

我怀疑，除了爱、尽情的爱、越来越深的爱以外，还有别的德行……可是有时候，唉！德行似乎只是对爱情的克制。怎么！我竟敢把心中最自然的爱慕称作德行！啊，迷人的诡辩！貌似有理的劝诱！幸福的骗人幻影！

今早我读到拉布吕耶尔①这段话：

"在生活的流程中，有时会有某些乐趣及恋情受到禁忌，但乐趣是如此之珍贵，恋情是如此之甜蜜。所以，希望解除禁忌实属人之常情。要想克服这种魅力，必须追求另一种魅力：依靠德行来放弃一切。"

为什么我要臆想出禁忌来呢？难道有一种比爱情更强大、更甜蜜的魅力在暗中吸引我？啊！要是能够借助爱情的力量，将我们这两个灵魂同时带动，带到爱情之上……

唉！我现在明白：我是他与上帝之间唯一的障碍。如果像他所说的，他对我的爱情最初曾使他倾向于上帝的话，那么，今天，这种爱情就成了他的障碍。他滞留在我身边，爱我甚于一切。我成为偶像，妨碍他在德行中前进。我们两人中必须有一人到达目的地。我既然没法指望克服自己懦弱的心灵中的爱情，那么，上帝啊，请允许我，请给我力量去教他不要再爱我。我牺牲自己的功德，而将他那比我高万倍的

---

① Jean de La Bruyère（1645—1696），法国政治家、散文作家。

功德献给您……我的心灵今天因失去他而哭泣,这正是为了来日在您身上和他相聚……

啊,上帝,有谁的心灵比他更配得上您,难道他生来不是为了得到比对我的爱情更美好的东西吗?如果他在我身上停歇,我还会这样爱他吗?那一切有可能变得壮烈的东西,如果沉溺于幸福中会变得多么狭隘!……

星期日

上帝给我们预备了更美好的事。

五月三日　星期一

要是他求婚的话,幸福就在那里,在身边……伸出手就能抓住……

今天早上,我和他谈了话,作出了我的牺牲。

星期一晚

他明天走……

亲爱的热罗姆,我怀着无限的柔情,始终地爱你,但从此以后,我永远也不能告诉你了。我对自己的眼睛、嘴唇和心灵加以如此严酷的束缚,以至和你分离会使我得到解脱和一种辛酸的满足。

我努力按理性行事,可是正当我行动时,行动的动力突然消逝,或者显得荒唐,我不再相信……

是什么使我逃避他?我不再相信这些理由……然而我仍

然忧愁地逃避他，而且不知道为什么。

主呀！但愿热罗姆和我彼此相依，彼此通过对方向您靠近，但愿我们像两个朝圣者那样去走完生命的整个路程——其中一人说："你如果累了，就靠在我身上吧，兄弟。"另一人回答："我只要感觉你在我身边就够了……"可是不行！主啊！您指出的道路是一条窄路——窄得容不下两人并行。

七月四日

我又有六个多星期没翻开日记本了。上个月，我读了几页日记，发现一种荒谬的、有罪的想法：想写得漂亮……为了他……

我是为了摆脱他而开始写日记的，但是，我在这里仿佛还继续给他写信。

所有写得好（我知道这指的是什么）的地方都被我撕掉了。我应该把凡是提到他的地方都撕掉。我应该把整本日记撕掉……我没有能够做到。

撕掉这几页，我已稍稍感到骄傲……如果我心里不这么难受的话，我会笑的。

确实，我这样做似乎了不起，我撕掉的似乎是非同寻常的东西！

七月六日

我不得不从我的书架上拿走……

从一本书到另一本书,我逃避他,又重新找到他。就连我独自发现的篇章,也仿佛有他的声音在为我朗诵。只有他感兴趣的东西才使我感兴趣,我的思想以他的思想为形式,我无法将两者区别开,就如同以前我乐于使它们融合一样。

有时我尽量写得糟糕,为了避免他的文体。可是,同他进行斗争,意味着仍旧想着他。我决心在一段时间里只读《圣经》(也许还有《榜样》①),在日记里只记下我每天读到的醒目的章节。

接着是"每日的粮食",从七月一日起每天都有一段经文。在此我只抄下附有评议的几段。

七月二十日

"要变卖你所有的一切,分给穷人。"我知道自己这颗只为热罗姆准备的心也该分给穷人。这不也是在教他像我一样做吗?……

主啊,给我勇气。

七月二十四日

我停止阅读《永恒的安慰》。这种古文让我感到有趣,但使我分心,而且它带给我的喜悦几乎是异教徒的,与我在书中所寻求的启发毫无相似之处。

---

① *L'Imitation de Jésus-Christ*,即《效法基督》,为拉丁文写成的经书。

我重读《榜样》，不是读那我自以为能看懂的拉丁文本。我喜欢读连署名也没有的译本，这个文本当然是新教的，但正如标题所说，"它适用于一切基督教团体"。

"啊！如果你知道，当你在德行中前进时，你会得到多大的安宁，会给予别人多大的喜悦，那么我深信，你会更加尽心努力。"

八月十日

我怀着孩童般的热烈信仰，用天使般的非凡声音向您呼唤，上帝呀……

我的一切，我知道，不是来自热罗姆，而是来自您。

可为什么您要将他的形象处处放在您与我之间呢？

八月十四日

两个多月才能完成这项事业……啊，主啊，帮助我吧！

八月二十日

我清楚地感觉到，我根据自己的忧郁感觉到：我心中的牺牲并未完成。上帝啊，让我明白，他曾带给我的那种喜悦，其实是您赐给的呀。

八月二十八日

我达到的是何等平庸，何等可怜的德行呀！难道我对自己过于苛求？——不要再为此痛苦。

我出于何等的怯懦祈求上帝赐我力量！现在我的全部祈祷都是哀怨。

八月二十九日

"野地里的百合花……"

今天早晨，这句朴实无华的语言使我沉入无法排解的忧郁之中。我去到野地里，情不自禁地重复这句话，我的心灵和眼睛都饱含泪水。我瞧着广阔的、空空的田野，一个农夫正埋头扶犁劳动……"野地里的百合花……"可是，主呀，它们在哪里呢？……

九月十六日晚十时

我又见到他了。他就在这里，在这座房屋里。我看见从他窗口投向草坪的灯光。我写这几行字的时候，他还没有睡。也许他正在思念我。他没有变，他是这样说的，我也这样感觉。我将有勇气装出我决心装出的模样，好使他的爱情离弃我吗？……

九月二十四日

啊！难以忍受的谈话。我装得冷漠、淡然，而我的内心却支持不住……在谈话前我一直避着他。今天早上，我终于感到上帝会赐予我战胜的力量。不断逃避斗争是懦弱的行为。

我胜利了吗？热罗姆对我的爱情稍稍有所减弱吗？……唉！我既希望又害怕……我从来没有这样爱过他。

主啊，为了拯救他脱离我，如果您需要毁灭我，就请来吧……

"进入我的心灵来承担痛苦，要在我肉身上补满基督患难的缺欠。"

我们谈到帕斯卡尔……我居然说了些什么呀？多么可耻而荒谬的话呀！我一面说一面暗自难受，这番亵渎神明的话今晚使我悔恨不已。我拿起沉甸甸的《思想录》，它自动翻到致罗阿内兹小姐的信中那一段：

当我们自愿受束缚而向前走时，我们并不感到有束缚；但当我们开始反抗，并远离它时，我们便十分痛苦。

这几句话那么直截了当地触动了我，以致我没有勇气读下去。我把书翻到另一处，找到了一段奇妙的文字，这是我没有读过的，我将它抄了下来。

第一本日记到此结束。第二本肯定已经烧毁了，因为阿莉莎留下来的日记已是三年以后的了。那是九月间在富格兹马尔，也就是我们最后一次见面前不久又开始写的。

下面是最后那本日记的前几页。

九月十七日

上帝呀，您知道我需要有他才能爱您。

九月二十日

上帝啊，把他给我，我就把心给您。

上帝啊，让我再见见他吧。

上帝啊，我保证把心给您，请将我的爱情所需求的东西赐给我吧，我将把我剩下的生命全部献给您……

上帝啊，饶恕我这个可鄙的祈祷吧，但是我不能把他的名字从我的嘴唇上抹掉，也不能忘记我心中的痛苦。

上帝啊，我向您呼唤，别抛弃我于悲痛之中。

九月二十一日

"你们以我的名，无论向天父求什么……"

主啊！我不敢以您的名……

但是，即使我不再祈求，难道您就不知道我心中发狂的愿望吗？

九月二十七日

今晨以来，十分平静。昨晚几乎整夜在沉思、祈祷。突然间我感到有一种明亮的宁静包围我，进入我心，仿佛是我幼年时所想象的圣灵。我立刻躺下，唯恐我的喜悦只是因为神经兴奋。我很快就入睡了，而这种喜悦并未离开我。今晨醒来,它仍然在那里,未有丝毫减弱。我确信他要来了。

九月三十日

热罗姆!我的朋友,我还叫你兄弟,但我爱你胜过兄弟!……有多少次我曾在山毛榉林中呼唤你的名字!……每晚,当白日将尽的时候,我从菜园的小门出去,走上已经变得幽暗的大道……你会突然回答我,你会在我急于看到的那斜坡后面出现,或者我会远远看见你,你坐在长椅上等我,我的心不会惊跳……相反,我看不见你时倒感到吃惊。

十月一日

至今什么也没有发生。在洁净清澈的天空中,太阳落山了。我在等待。我知道不久以后,我将和他一起坐在这张长椅上……我已经听见他说话了。我很喜欢听他叫我的名字……他将来到这里!我将把手放在他手中。我将把前额靠在他肩上。我将在他身边呼吸。就在昨天,我还带上他的几封信去重新读读,但是我没有读,我一心在想念他。我还随身带上他所喜欢的那枚紫晶十字架,有一年夏天,我曾经每晚戴着它,表示不愿意他走。

我想把十字架还给他。这是我长久以来的梦想:他结了婚,我当了他的头生女儿小阿莉莎的教母,我将这块宝石给她……为什么我始终不敢对他讲呢?

十月二日

今天我的心情轻松愉快，仿佛是在空中筑巢的小鸟。他准在今天来。这点我感觉得到，我知道，我还想高声告诉所有的人。我需要写在日记里。我不愿继续掩饰我的喜悦。罗贝尔平时心不在焉，对我漠不关心，可是就连他也感觉到了我的喜悦。他的询问使我局促，我不知如何作答。我将怎样挨到晚上呢？……

不知是何种透明的蒙眼布使我处处看到他放大了的形象，使爱情的全部光线集中在我心中唯一一个灼点上。

啊！等待使我多么疲劳！

主啊！将幸福的大门微微向我打开片刻吧。

十月三日

一切都熄灭了。唉！他像影子一样从我的怀抱中消失。他刚才还在那里！还在那里！我仍然感觉到他。我呼唤他。我的手，我的嘴唇在黑夜里徒劳地寻找他……

我无法祈祷，也无法入睡。我又走到幽暗的花园里。在我的房间里，在整座屋子里，我都感到害怕。我的悲痛将我带回到我刚刚与他分手的那扇门旁。我怀着狂热的希望又打开门。要是他回来那该多好！我呼唤。我在黑夜中摸索。我回到房间里给他写信。我无法死心。

发生了什么事？我对他说了些什么？我又做了些什么？

何必总是对他强调我的德行呢？被我全心否定的德行，又能有什么价值呢？上帝让我说了那些话，然而我在暗中撒谎……我心中所充满的话语，一个字也没有说出来。热罗姆！热罗姆！我的痛苦的朋友，在你的身边，我的心破碎了，但远离你我又奄奄一息，在刚才的谈话中，你只相信那些倾诉我的爱情的话语吧。

撕去了信，又重写……已是黎明，灰蒙蒙的，被泪水浸湿，和我的思想一样忧郁……听见农场的头一阵响动，沉睡的一切又恢复了生命……"起来，时候到了……"

这封信将不寄出。

十月五日

妒忌的上帝啊，您使我失去了一切，也将这颗心拿去吧。从今以后，它被一切热情抛弃，对什么也不再感兴趣。请您帮助我战胜这可怜的残存部分吧。这所房子、这座花园激励我的爱情，叫我无法忍受。我想逃到另一个地方去，在那里只能看见您。

请您帮助我将我所有的财富分给您的穷人；让我将富格兹马尔赠给罗贝尔，我没有勇气轻易卖掉它。我写了一份遗嘱，但我不知道有什么必要的手续。昨天我未能和公证人谈彻底，因为怕他猜到我的决定而去通知朱莉埃特或者罗贝尔……到巴黎以后我再补办手续。

十月十日

抵达以后十分疲劳。头一两天一直卧床不起。尽管我反对,他们还是请来了大夫,他说必须做手术。又何必不肯呢？我轻而易举地说服了他:我害怕做手术,打算等"体力稍有恢复"以后再说。

我隐藏了姓名住址。我把一大笔钱交存疗养院办公室,所以他们很痛快地接受了我。上帝认为我必须在这里待多久,我就可以待多久。

我很喜欢这个房间。洁白无瑕的四壁不用任何装饰。我惊异地感到自己几乎满心喜悦。这是因为我对生命再不抱任何期望。这是因为我现在必须满足于上帝。只有当上帝的爱占领了我的全部心灵,这种爱才无比甘美……

我随身只带着《圣经》,可是今天,在念《圣经》的时候,我心中响起了一个更高的声音,那是帕斯卡尔的欣喜若狂的抽泣:

"凡不是上帝的一切,都不能满足我的期待！"

啊,我那颗冒失的心原先期望得到的是人性的喜悦……主啊！您使我绝望就是为了得到这一声呼唤吗？

十月十二日

愿您的天国降临！愿它来到我心中,使您一人统治我,统治我整个身心，我不愿再拿我的心和您讨价。

我的心灵疲劳不堪，仿佛我已衰老，但它又保持奇异的孩子气。我仍然是往日的小姑娘，只有等到房间里井井有条，脱下来的衣服整齐地放在床头，我才能入睡……

我也愿意这样地死去。

十月十三日

重读日记，然后焚毁。"伟大的心灵是不屑于散布自己所感到的惶惑的。"这个警句大概出自克洛蒂尔德[①]之口。

当我正要将这本日记投入火中时，仿佛有个声音制止了我。日记不再属于我，我没有权力将它从热罗姆手中夺走，日记一直是为他写的。今天看来，我的不安，我的怀疑，都是多么可笑，我不会再看重它们，我也不相信它们会使热罗姆困惑不安。上帝啊，让他在这里发现一颗心的笨拙的声音吧，这颗心狂热地希望将他推上我自己万难达到的德行之巅。

"上帝啊！领我到那比我更高的磐石。"

十月十五日

"欢乐，欢乐，欢乐，欢乐的泪水……"[②]

[①] Clotilde de Vaux（1815—1846），法国女作家。
[②] 引自帕斯卡尔的遗言。

是的，我感到了这种舒适的欢乐，它超过一切人性的喜悦，超过一切痛苦。我达不到那堆磐石，但我知道它的名字叫幸福……我知道，除非追求幸福否则虚度此生……啊，主啊，您曾许诺给放弃一切的纯洁心灵以幸福，您曾在《圣经》里说过："从今以后，在主里面而死的人有福了。"难道我必须等待到死吗？我的信仰动摇了。主啊！我全力向您呼唤。我在黑夜中等待黎明。我向您呼唤，一直到死。请来解除我心中的干渴。我渴望得到这个幸福……也许我应该使自己相信已经得到了它？焦急的小鸟在黎明前啼鸣，呼唤而不是宣告白日来临，难道我也应该像小鸟一样，不等黑夜退去就引吭歌唱？

十月十六日

热罗姆，我愿意指点你得到完美的欢乐。

今早，一阵呕吐使我精疲力竭。我立即感到十分衰弱，霎时我想自己会死去。可是没有。最初，我感到极端平静，接着是一阵焦虑，肉体和灵魂在颤抖。突然之间，幻想破灭，我仿佛得到了我的生命的真谛。我第一次看见房间里光秃秃的四壁。我害怕了。现在我写日记是为了安慰自己，使自己镇定。啊，主啊！但愿我能到达终点而不说任何亵渎神明的话。

我还能起床。我像孩子一样跪下……

现在我希望死去，在我重新明白自己孑然一身以前，赶快死去。

去年我又见到了朱莉埃特。自从她前一封信报告阿莉莎的死讯以来，十多年过去了。我去普罗旺斯旅行，借机在尼姆停留，泰西埃尔家住在闹市区弗夏尔大道上一所相当漂亮的房屋里。虽然我事先写过信说我要去，但我跨进门槛时，还是相当激动。

一位女仆引我上楼去客厅，不一会儿，朱莉埃特就出来了。我仿佛又见到普朗蒂埃姨母：同样的步态，同样的宽胸阔背，同样的气喘吁吁的诚挚。她马上向我提出一连串问题，而并不等待我一一作答。她询问我的事业啦，如何在巴黎定居啦，做些什么工作啦，有哪些交往啦，我来南方做什么啦，等等。为什么我不去埃格维弗呢？爱德华会很高兴见到我的……接着她就谈到大家的情况，谈到丈夫、子女、弟弟，谈到上次收成，生意不景气……我得知罗贝尔卖掉了富格兹马尔，迁居到埃格维弗。他现在和爱德华合股。这样一来，爱德华便可以出去跑跑，专管交易方面的事，而罗贝尔待在当地，负责改良和扩大葡萄的种植。

这时，我不安地用眼睛探寻有什么东西可以使我想起往事。在客厅的新家具中间，我认出几种富格兹马尔的家具来。然而，在我心头颤动的那些往事，朱莉埃特现在仿佛根本不知道，要不就是她故意不要我们去想它。

有两个十二岁和十三岁的男孩在楼梯上玩耍。她把他们叫过来给我介绍。大女儿莉兹陪父亲去埃格维弗了。另外一个十岁的男孩在散步，马上就会回来的。朱莉埃特在通知我那个悲痛的消息时所提到的即将诞生的孩子就是他。最后那次分娩很不顺利,朱莉埃特久久未能恢复过来。后来,到了去年,她似乎改变了主意,生下一个女儿。听她的口气,这是她最喜欢的孩子。

"我的房间在隔壁,她睡在我那里。"她说,"你来瞧瞧。"我跟她去,她又说:"热罗姆,我没敢在信里跟你说……你愿意当这个孩子的教父吗?"

"当然愿意啦,如果你喜欢的话。"我稍稍感到惊奇地说。我朝摇篮俯下身:"我的教女叫什么名字?"

"阿莉莎……"朱莉埃特低声说,"她有点像她,你不觉得吗?"

我默默握住朱莉埃特的手。小阿莉莎被母亲抱了起来。睁开眼睛,我将她抱在怀中。

"你会成为一个多么好的父亲呀!"朱莉埃特勉强笑着说,"你还不结婚,等什么呢?"

"等我忘却许多往事。"我看到她脸红了。

"你希望很快忘记吗?"

"我希望永远不忘。"

"到这里来。"她突然说道。她领我走进一个更小的房间,那里已经很昏暗,一扇门通向她的卧室,另一扇门通向客厅。"我有点空的时候,就到这里来避一避。这是整座屋子里最安静的房间。我在这里仿佛逃避了生活。"

这间小客厅的窗子和其他房间的窗子不一样,窗外不是嘈杂的城市，而是长着树木的院子。

"我们坐一坐吧。"她倒在一张扶手椅上说，"如果我明白你的意思的话，你想忠实于对阿莉莎的回忆。"

我没有回答，等了一会儿才说：

"也许还不如说忠实于她对我的看法吧……不，别把这看成是我的优点。我想我不能有别的做法。如果我娶别的女人，我只能假装爱她。"

"啊！"她说，语气仿佛很冷淡。接着她掉开脸，低头瞧着地上，似乎在寻找什么丢失的东西，"那么，你认为一个人可以长久地在心中保持毫无希望的爱情？"

"是的，朱莉埃特。"

"而生活可以每天吹它，但吹不灭？……"

黄昏像灰色的潮水升起，侵袭和淹没了一切物品，它们在这种幽暗中似乎复活过来，轻声叙述自己的往事。我又看见了阿莉莎的房间，朱莉埃特将姐姐所有的家具都集中在这里。现在她转脸朝着我，我看不清她的轮廓，不知她是否闭着眼睛。我觉得她很美。我们两人现在都沉默无言。

"来吧！"她终于说，"该醒醒了……"

我看见她站起来，往前走了一步，又仿佛无力地跌倒在旁边的椅子上。她用两只手摸着脸，我发觉她在哭泣。

一位女佣进来，端来了灯。

汉译文学名著

第一辑书目（30种）

伊索寓言	〔古希腊〕伊索著　王焕生译
一千零一夜	李唯中译
托尔梅斯河的拉撒路	〔西〕佚名著　盛力译
培根随笔全集	〔英〕弗朗西斯·培根著　李家真译注
伯爵家书	〔英〕切斯特菲尔德著　杨士虎译
弃儿汤姆·琼斯史	〔英〕亨利·菲尔丁著　张谷若译
少年维特的烦恼	〔德〕歌德著　杨武能译
傲慢与偏见	〔英〕简·奥斯丁著　张玲、张扬译
红与黑	〔法〕斯当达著　罗新璋译
欧也妮·葛朗台 高老头	〔法〕巴尔扎克著　傅雷译
普希金诗选	〔俄〕普希金著　刘文飞译
巴黎圣母院	〔法〕雨果著　潘丽珍译
大卫·考坡菲	〔英〕查尔斯·狄更斯著　张谷若译
双城记	〔英〕查尔斯·狄更斯著　张玲、张扬译
呼啸山庄	〔英〕爱米丽·勃朗特著　张玲、张扬译
猎人笔记	〔俄〕屠格涅夫著　力冈译
恶之花	〔法〕夏尔·波德莱尔著　郭宏安译
茶花女	〔法〕小仲马著　郑克鲁译
战争与和平	〔俄〕列夫·托尔斯泰著　张捷译
德伯家的苔丝	〔英〕托马斯·哈代著　张谷若译
伤心之家	〔爱尔兰〕萧伯纳著　张谷若译
尼尔斯骑鹅旅行记	〔瑞典〕塞尔玛·拉格洛夫著　石琴娥译
泰戈尔诗集：新月集·飞鸟集	〔印〕泰戈尔著　郑振铎译
生命与希望之歌	〔尼加拉瓜〕鲁文·达里奥著　赵振江译
孤寂深渊	〔英〕拉德克利夫·霍尔著　张玲、张扬译
泪与笑	〔黎巴嫩〕纪伯伦著　李唯中译
血的婚礼——加西亚·洛尔迦戏剧选	〔西〕费德里科·加西亚·洛尔迦著　赵振江译
小王子	〔法〕圣埃克苏佩里著　郑克鲁译
鼠疫	〔法〕阿尔贝·加缪著　李玉民译
局外人	〔法〕阿尔贝·加缪著　李玉民译

第二辑书目（30种）

枕草子	〔日〕清少纳言著	周作人译
尼伯龙人之歌	佚名	安书祉译
萨迦选集		石琴娥等译
亚瑟王之死	〔英〕托马斯·马洛礼著	黄素封译
呆厮国志	〔英〕亚历山大·蒲柏著	李家真译注
波斯人信札	〔法〕孟德斯鸠著	梁守锵译
东方来信——蒙太古夫人书信集	〔英〕蒙太古夫人著	冯环译
忏悔录	〔法〕卢梭著	李平沤译
阴谋与爱情	〔德〕席勒著	杨武能译
雪莱抒情诗选	〔英〕雪莱著	杨熙龄译
幻灭	〔法〕巴尔扎克著	傅雷译
雨果诗选	〔法〕雨果著	程曾厚译
爱伦·坡短篇小说全集	〔美〕爱伦·坡著	曹明伦译
名利场	〔英〕萨克雷著	杨必译
游美札记	〔英〕查尔斯·狄更斯著	张谷若译
巴黎的忧郁	〔法〕夏尔·波德莱尔著	郭宏安译
卡拉马佐夫兄弟	〔俄〕陀思妥耶夫斯基著	徐振亚、冯增义译
安娜·卡列尼娜	〔俄〕列夫·托尔斯泰著	力冈译
还乡	〔英〕托马斯·哈代著	张谷若译
无名的裘德	〔英〕托马斯·哈代著	张谷若译
快乐王子——王尔德童话全集	〔英〕奥斯卡·王尔德著	李家真译
理想丈夫	〔英〕奥斯卡·王尔德著	许渊冲译
莎乐美 文德美夫人的扇子	〔英〕奥斯卡·王尔德著	许渊冲译
原来如此的故事	〔英〕吉卜林著	曹明伦译
缎子鞋	〔法〕保尔·克洛岱尔著	余中先译
昨日世界：一个欧洲人的回忆	〔奥〕斯蒂芬·茨威格著	史行果译
先知 沙与沫	〔黎巴嫩〕纪伯伦著	李唯中译
诉讼	〔奥〕弗兰茨·卡夫卡著	章国锋译
老人与海	〔美〕欧内斯特·海明威著	吴钧燮译
烦恼的冬天	〔美〕约翰·斯坦贝克著	吴钧燮译

第三辑书目（40种）

埃达	〔冰岛〕佚名著	石琴娥、斯文译
徒然草	〔日〕吉田兼好著	王以铸译
乌托邦	〔英〕托马斯·莫尔著	戴镏龄译
罗密欧与朱丽叶	〔英〕莎士比亚著	朱生豪译
李尔王	〔英〕莎士比亚著	朱生豪译
大洋国	〔英〕哈林顿著	何新译
论批评 云鬈劫	〔英〕亚历山大·蒲柏著	李家真译注
论人	〔英〕亚历山大·蒲柏著	李家真译注
亲和力	〔德〕歌德著	高中甫译
大尉的女儿	〔俄〕普希金著	刘文飞译
悲惨世界	〔法〕雨果著	潘丽珍译
安徒生童话与故事全集	〔丹麦〕安徒生著	石琴娥译
死魂灵	〔俄〕果戈理著	郑海凌译
瓦尔登湖	〔美〕亨利·大卫·梭罗著	李家真译注
罪与罚	〔俄〕陀思妥耶夫斯基著	力冈、袁亚楠译
生活之路	〔俄〕列夫·托尔斯泰著	王志耕译
小妇人	〔美〕路易莎·梅·奥尔科特著	贾辉丰译
生命之用	〔英〕约翰·卢伯克著	曹明伦译
哈代中短篇小说选	〔英〕托马斯·哈代著	张玲、张扬译
卡斯特桥市长	〔英〕托马斯·哈代著	张玲、张扬译
一生	〔法〕莫泊桑著	盛澄华译
莫泊桑短篇小说选	〔法〕莫泊桑著	柳鸣九译
多利安·格雷的画像	〔英〕奥斯卡·王尔德著	李家真译注
苹果车——政治狂想曲	〔英〕萧伯纳著	老舍译
伊坦·弗洛美	〔美〕伊迪斯·华尔顿著	吕叔湘译
施尼茨勒中短篇小说选	〔奥〕阿图尔·施尼茨勒著	高中甫译
约翰·克利斯朵夫	〔法〕罗曼·罗兰著	傅雷译
童年	〔苏联〕高尔基著	郭家申译
在人间	〔苏联〕高尔基著	郭家申译
我的大学	〔苏联〕高尔基著	郭家申译

地粮	〔法〕安德烈·纪德著	盛澄华译
在底层的人们	〔墨〕马里亚诺·阿苏埃拉著	吴广孝译
啊,拓荒者	〔美〕薇拉·凯瑟著	曹明伦译
云雀之歌	〔美〕薇拉·凯瑟著	曹明伦译
我的安东妮亚	〔美〕薇拉·凯瑟著	曹明伦译
绿山墙的安妮	〔加〕露西·莫德·蒙哥马利著	马爱农译
远方的花园——希梅内斯诗选	〔西〕胡安·拉蒙·希梅内斯著	赵振江译
城堡	〔奥〕弗兰茨·卡夫卡著	赵蓉恒译
飘	〔美〕玛格丽特·米切尔著	傅东华译
愤怒的葡萄	〔美〕约翰·斯坦贝克著	胡仲持译

第四辑书目(30种)

伊戈尔出征记		李锡胤译
莎士比亚诗歌全集——十四行诗及其他	〔英〕莎士比亚著	曹明伦译
伏尔泰小说选	〔法〕伏尔泰著	傅雷译
海上劳工	〔法〕雨果著	许钧译
海华沙之歌	〔美〕朗费罗著	王科一译
远大前程	〔英〕查尔斯·狄更斯著	王科一译
当代英雄	〔俄〕莱蒙托夫著	吕绍宗译
夏洛蒂·勃朗特书信	〔英〕夏洛蒂·勃朗特著	杨静远译
缅因森林	〔美〕梭罗著	李家真译注
鳕鱼海岬	〔美〕梭罗著	李家真译注
黑骏马	〔英〕安娜·休厄尔著	马爱农译
地下室手记	〔俄〕陀思妥耶夫斯基著	刘文飞译
复活	〔俄〕列夫·托尔斯泰著	力冈译
乌有乡消息	〔英〕威廉·莫里斯著	黄嘉德译
生命之乐	〔英〕约翰·卢伯克著	曹明伦译
都德短篇小说选	〔法〕都德著	柳鸣九译
无足轻重的女人	〔英〕奥斯卡·王尔德著	许渊冲译
巴杜亚公爵夫人	〔英〕奥斯卡·王尔德著	许渊冲译
美之陨落:王尔德书信集	〔英〕奥斯卡·王尔德著	孙宜学译
名人传	〔法〕罗曼·罗兰著	傅雷译
伪币制造者	〔法〕安德烈·纪德著	盛澄华译
弗罗斯特诗全集	〔美〕弗罗斯特著	曹明伦译

弗罗斯特文集	〔美〕弗罗斯特著	曹明伦译
卡斯蒂利亚的田野：马查多诗选	〔西〕安东尼奥·马查多著	赵振江译
人类群星闪耀时：十四幅历史人物画像		
	〔奥〕斯蒂芬·茨威格著	高中甫、潘子立译
被折断的翅膀：纪伯伦中短篇小说选	〔黎巴嫩〕纪伯伦著	李唯中译
蓝色的火焰：纪伯伦爱情书简	〔黎巴嫩〕纪伯伦著	薛庆国译
失踪者	〔奥〕弗兰茨·卡夫卡著	徐纪贵译
获而一无所获	〔美〕欧内斯特·海明威著	曹明伦译
第一人	〔法〕阿尔贝·加缪著	闫素伟译

第五辑书目（30种）

坎特伯雷故事	〔英〕乔叟著	李家真译注
暴风雨	〔英〕莎士比亚著	朱生豪译
仲夏夜之梦	〔英〕莎士比亚著	朱生豪译
山上的耶伯：霍尔堡喜剧五种	〔丹麦〕霍尔堡著	京不特译
华兹华斯叙事诗选	〔英〕威廉·华兹华斯著	秦立彦译
富兰克林自传	〔美〕富兰克林著	叶英译
别尔金小说集	〔俄〕普希金著	刘文飞译
三个火枪手	〔法〕大仲马著	江城子译
谁之罪？	〔俄〕赫尔岑著	郭家申译
两河一周	〔美〕梭罗著	李家真译注
伊万·伊里奇之死	〔俄〕列夫·托尔斯泰著	张猛译
蓝眼盗	〔墨〕阿尔塔米拉诺著	段若川、赵振江译
你往何处去	〔波兰〕亨利克·显克维奇著	林洪亮译
俊友	〔法〕莫泊桑著	李青崖译
认真最重要	〔英〕奥斯卡·王尔德著	许渊冲译
五重塔	〔日〕幸田露伴著	罗嘉译
窄门	〔法〕安德烈·纪德著	桂裕芳译
我们中的一员	〔美〕薇拉·凯瑟著	曹明伦译
薇拉·凯瑟短篇小说集	〔美〕薇拉·凯瑟著	曹明伦译
太阳宝库 船木松林	〔俄〕普里什文著	任子峰译
堂吉诃德之路	〔西〕阿索林著	王军译
给一个青年诗人的十封信	〔奥〕里尔克著	冯至译

与魔的搏斗:荷尔德林、克莱斯特、尼采
〔奥〕斯蒂芬·茨威格著　潘璐、任国强、郭颖杰译
幽禁的玫瑰:阿赫玛托娃诗选　〔俄〕安娜·阿赫玛托娃著　晴朗李寒译
日瓦戈医生　〔俄〕帕斯捷尔纳克著　力冈译
总统先生　〔危地马拉〕M.A.阿斯图里亚斯著　董燕生译
雪国　〔日〕川端康成著　尚永清译
永别了,武器　〔美〕欧内斯特·海明威著　曹明伦译
聂鲁达诗选　〔智利〕巴勃罗·聂鲁达著　赵振江译
西西弗神话　〔法〕阿尔贝·加缪著　杜小真译

图书在版编目(CIP)数据

窄门/(法)安德烈·纪德著;桂裕芳译.—北京:商务印书馆,2023(2025.8 重印)
(汉译世界文学名著丛书)
ISBN 978-7-100-23108-4

Ⅰ.①窄… Ⅱ.①安… ②桂… Ⅲ.①长篇小说—法国—现代 Ⅳ.①I565.45

中国国家版本馆 CIP 数据核字(2023)第 188152 号

权利保留,侵权必究。

汉译世界文学名著丛书
窄 门
〔法〕安德烈·纪德 著
桂裕芳 译

商 务 印 书 馆 出 版
(北京王府井大街36号 邮政编码100710)
商 务 印 书 馆 发 行
北京中科印刷有限公司印刷
ISBN 978-7-100-23108-4

2023 年 12 月第 1 版　　开本 850×1168　1/32
2025 年 8 月北京第 6 次印刷　印张 5　插页 1
定价:35.00 元